おはぐろとんぼ

江戸人情堀物語

宇江佐真理

朝日文庫

本書は二〇一一年四月、実業之日本社文庫より刊行されたものです。

目次

おはぐろとんぼ　江戸人情堀物語

ため息はつかない

薬研堀

一

江戸の薬研堀《やげんぼり》は、かつては鉤型《かぎがた》の結構長い堀だったらしい。中央が、ぐっと深くなっている堀の形が薬草をすり潰《つぶ》す薬研に似ていたことから、薬研堀と命名されたという。

当初、薬研堀の袂《たもと》には「矢《や》ノ倉《くら》」と呼ばれた米蔵もあった。他国から運ばれる米（一説には武器とも言われる）は、その矢ノ倉に納められていたらしい。元禄《げんろく》時代に幕府の意向で矢ノ倉が築地《つきじ》へ移転すると、薬研堀の鉤型の長い部分は埋め立てられ町人地となった。

今は元柳橋《もとやなぎばし》の傍《そば》に残されている短い堀が、僅《わず》かに昔の名残《なご》りを留《とど》めているに過ぎない。

豊吉《とよきち》の住む家は、薬研堀の埋立地に建てられたものだった。自分の家の辺りが、かつては堀だったなどと、豊吉には信じられない。

料理屋や商家が軒《のき》を連ねる町並みから堀を想像することはできなかった。

残された薬研堀は元柳橋を境に大川《おおかわ》へと続いている。満ち潮の時は水位が高くなった。

豊吉は子供の頃、お使いの帰りなどに、ぼんやり水嵩《みずかさ》の増した薬研堀を眺めることがあった。家に戻れば母親のおますが立て続けに用事を言いつけるので、豊吉にとって、そうして薬研堀を眺めることは格好の息抜きだった。

おますは、豊吉の実の母親ではない。実の母親は豊吉がもの心ついた時、すでに死んでいた。父親の清三《せいぞう》も豊吉が五歳の時に労咳《ろうがい》で死んだ。

豊吉は幼かったせいもあるが、父親が死んだという実感はなかった。実感がなかったから、さほど悲しいとも思わなかった。父親は床《とこ》に就《つ》いていることが多かったので、ろくに遊んで貰《もら》った覚えもない。年寄りの奉公人が一人いて、その奉公人が商売と家の中のことをしてくれていた。豊吉は、むしろ奉公人の宇吉《うきち》の方になついていたのだ。

おますは父親の妹だった。弔《とむら》いにやって来たおますは藤色《ふじいろ》の着物に黒の紋付羽織を重ねていた。豊吉は子供心に、きれいな人だと思ったものだ。おますは豊吉の頭を撫《な》で「叔母《おば》さんのこと、覚えているかえ。昔、あんたをおんぶして花火大会に連れて行ったことがあるんだよ」と言った。そう言われても豊吉には記憶がなかった。死ぬ間際の父親は、あちこちに借金をしていて、きょうだいや親戚《しんせき》から半ばつき合いを断たれていたせいもある。父親のきょうだいと親戚は豊吉の知らない顔ばかりに思えた。

おますは父親の亡骸《なきがら》の傍に座り、真っ白な手巾《しゅきん》を口許《くちもと》に押し当てながら「清三兄さん、どうしてこんなに早く逝《い》ってしまったんだえ。豊吉が不憫《ふびん》じゃないか。せめて豊吉が一人前になるまで踏ん張れなかったのかえ」と、咽《むせ》んだ。おますの涙に誘われるように、狭い座敷に座っていた者達は洟《はな》を啜《すす》り上げた。

弔いを終えると、父親のきょうだいは今後のことを話し合った。末っ子のおますだけが女で、他《ほか》は男ばかりの五人きょうだいである。父親は三男だった。

きょうだいの誰しもが豊吉の今後を案じていたが、豊吉を引き取って面倒を見ると言う者はいなかった。皆、自分と家族が食べるだけのかつかつの暮らしをしていたので、後に残された豊吉はおますが引き取ればよいと思っていたらしい。

「そんなこと言っても、兄さん。わっちにはお座敷があるんだよ。毎度、豊吉を独りにしておくことはできゃしない」

おますは長兄で鍛冶《かじ》職人をしている忠吉《ちゅうきち》に喰《く》って掛かった。おますは柳橋《やなぎばし》で芸者をしている女だった。

「そのことだが、お前もそろそろ三十の声を聞く。噂《うわさ》によれば、最近、旦那《だんな》と切れたそうじゃないか。この先、どうするんだい。お座敷づとめも、そう長いこと続けられないだろう。この辺りで堅い商売に鞍替《くらが》えしたらどうかと思ってね」

「はん、それで清三兄さんの商売を引き継ぐ代わりに豊吉の面倒も見ろということかえ。手前勝手な話だ。兄さんはどうなのさ。豊吉を鍛冶職人に仕込む気はないのかえ」

「おれの所は倅《せがれ》が三人とも何んとか仕事ができるようになった。だが、おれも年だ。そろそろ隠居したいと考えている。豊吉を引き取っても、一人前になるまで生きていられるかどうか心許《こころもと》ないんだよ」

「勘次《かんじ》兄さんはどうなの?」

おますは次男の勘次に水を向けた。勘次は米沢町《よねざわちょう》の薬種屋《やくしゅや》の番頭をしていた。

「馬鹿言っちゃ困る。薬種屋の番頭がどれだけの給金を貰っていると思う。暖簾《のれん》分けされて独立しているならともかく、こちとら娘ばかり四人もいて、嫁入り仕度だって大変なんだ。豊吉の面倒を見られるほどの器量があるものか」

勘次はにべもなく応《こた》えた。おますは勘次の横に座っていた四男の四郎《しろう》をちらっと見たが、そちらには声を掛けなかった。棒手振《ぼてふ》りの魚屋をしている四郎には言っても無駄だと思ったのだろう。

結局、おますは父親の家と家業の花屋を譲り受ける代わり、豊吉も押しつけられてしまったのだ。

だが、花屋と言っても、店は路地の奥の家に、ひっそりと暖簾を出していたので、近所の年寄りが仏壇に供《そな》える花を時々、買いに来るだけである。日中、宇吉が振り売りに出て、ようやく口を糊《のり》するありさまだった。当然、暮らしにも余裕がなく、父親があちこちに借金していたのも道理だった。

おますはそれまで住んでいた家を売ったが、借金払いをしたら、後には幾らも残らなかったと宇吉にこぼしていた。商売を続けるためには、当分、宇吉の力も必要なので、おますは引き続き店にいるよう宇吉に頼んだ。宇吉も、ひとまず自分の首が繋《つな》がったので、ほっとした様子だった。

男所帯の家は、父親が寝ついていたせいもあって荒れていた。おますは家に入る時、畳の表替えをし、障子や襖《ふすま》も新しくした。

物置代わりにしていた二階の部屋をきれいに片づけ、そこをおますと豊吉の寝る部屋とし、台所の傍の三畳間は宇吉に与えた。今まで雑魚寝《ざこね》同様の暮らしだったので、最初の内、豊吉はなじめなかった。夜中にそっと枕《まくら》を持って、宇吉の蒲団《ふとん》にもぐり込んだりした。

「そうだよねえ、急におっ母《か》さんだよって言ったところで子供は承知しないよね」

おますは寂しそうに言ったものだ。宇吉は気を遣って「坊ちゃん。おかみさんと一緒に寝て下せェ。おれァ、きまりが悪《わ》りィですから」と何度も諭《さと》したが、おますが来て半月ほどは、言う通りにしなかった。

豊吉は、おますの口うるさいのにも閉口した。一緒に寝ていて膝《ひざ》を立てると、すきま風が入ると叱《しか》るので身動きもできない。湯屋に一緒に行けば、いやになるほど湯舟に浸《つ》からされる。おますのやることは、豊吉には一々《いちいち》苦痛だった。

表向き、豊吉は小ざっぱりとした恰好《かっこう》をするようになったので、近所の人間は「よかったねえ、おっ母さんが来てくれて」と、言葉を掛けるが、豊吉は以前の方が何んぼかましだと思ったものだ。

宇吉が振り売りに出ると、豊吉は土間に散らかった花だの茎だの葉っぱだのを掃除しなければならない。散らかった店に客なんて来るものかと、おますは言う。豊吉は遊ぶ暇もなくなった。おますが怖いから口答えはできない。その代わりに豊吉はため息をついた。

「子供のくせに、ため息なんておつきでないよ」

おますは眼を吊《つ》り上げて叱った。

ため息のどこが駄目なのか、豊吉には、さっぱりわからなかった。

宇吉は、それから三年ほど一緒にいたが、身体《からだ》の不調を理由に生まれ在所《ざいしょ》の葛飾村《かつしか》へ帰った。

身体の不調は表向きの理由で、本当はおますのやり方が気に入らなかったのだろうと豊吉は思っている。身勝手で人の気持ちを考えないおますに堪忍袋《かんにんぶくろ》の緒《お》が切れたのだ。

また、芸者をやめても、入れ替わり立ち替わり、妙な男が出入りするのも、宇吉には、いやだったのかも知れない。

宇吉がいなくなると、途端に商売の実入りは少なくなった。おますは以前にもまして豊吉に小言を言うことが多くなった。宇吉の代わりに振り売りに出てみたが、子供が稼げる金は高が知れている。豊吉は子供心に前途を悲観し、家出して宇吉の住む葛飾村へ行こうとしたこともある。

だが、葛飾村は遠かった。

本所《ほんじょ》でうろうろしている時に土地の岡《おか》っ引《ぴ》きに声を掛けられ、敢《あ》えなく家に戻されてしまった。

おますは豊吉が戻って来ると「薄情者！　おっ母さんを捨てて、どこへ行くつもりだったのだえ。辛《つら》いのはお前だけじゃないんだよ。わっちだって辛かったんだ。後生だから馬鹿《ばか》なことは考えないどくれ」と泣きながら豊吉を詰《なじ》った。

あの時、豊吉は思った。この人からは逃《のが》れられないのだと。

だが、暮らしは相変わらずだった。

切羽詰まったおますは兄達に縋《すが》った。勘次は渋々、薬草の内職を与えてくれた。乾燥した薬草を薬研ですり潰して勘次の店に納めるのだ。どくだみ、芍薬《しゃくやく》、おけら、はとむぎの種、陳皮《ちんぴ》など。その他に、春先に摘んだよもぎ、土筆《つくし》、わらびも金になることを豊吉は知った。そちらは近所の菓子屋や料理屋に持って行けば喜んで買ってくれる。そのお蔭《かげ》で、おますとの二人暮らしは、ようやくひと息つけるまでになったのだ。

毎晩、遅くまで豊吉はおますと一緒に薬草をすり潰した。薬研でごりごりやっていると、豊吉は、自分の住んでいる場所が元は堀だったことを思い出す。薬研の形をしていたということだが、水面は平坦《へいたん》だから、そんなことは見る者に微塵《みじん》も感じさせなかったはずだ。

その目で堀の形を確かめたのは、堀を拵《こしら》えた鳶《とび》職の男達だろうか。豊吉は内職の傍《かたわ》ら、詮《せん》のないことを、あれこれと考えた。仕舞いには、つまらない想像をしている自分が馬鹿らしくなる。つい、ため息が出た。

「いやだよ、この子は。ため息なんておつきでないよ」

おますは、決まって言う。おっ母さんはため息なんてついたことはないのか、と言いたい気持ちを豊吉は抑えた。

二

豊吉が十二歳になった時、勘次が奉公する薬種屋「備前屋《びぜんや》」の小僧に雇われた。しばらくの間は住み込みだったが、十六の時に手代になると、家が近いことから通いを許された。

勘次が気を遣って通いにしてくれたのだ。

豊吉は、内心では、ずっと住み込みのままでいたかった。おますと顔をつき合わせて暮らすのが鬱陶《うっとう》しく思える年頃になっていた。

おますは、その頃になると花屋の商売をすっかりやめ、内職と豊吉の給金だけで暮らすようになっていた。男の影は鳴りを鎮《しず》めたが、代わりに昔の芸者仲間と茶飲み話をしたり、神社の開帳や芝居見物に出かけたりすることが多い。その方が豊吉にとっても気が楽だった。友達がいれば豊吉にうるさく構うこともないからだ。

店と家とは一町と離れていない。豊吉は毎朝、朝めしを食べると店に向かう。奉公人の出入りは店の裏口と決まっていた。

店は台所を手伝う女中を三人使っている。古参のおそのは、おますと同じ年頃で台所を仕切っている。他に十八のおときと十六のお梅がいる。おそのは通いだったが、おときとお梅は住み込みだった。

十八になった豊吉に、お梅は最近、好いたらしいそぶりを見せるようになった。お梅は宇吉と同じ葛飾村の出で、店にやって来たのは去年のことだった。頬《ほお》が赤く、まんまるい眼をした田舎《いなか》娘だった。それが一年も経《た》たない内に、江戸の水に洗い上げられ、すっかり娘らしくなった。身を構うことに熱心で、少しでも暇ができると櫛《くし》で頭を撫でつけている。髪の毛が落ちると、おそのに叱られても一向にやめようとしなかった。

「お早うっす」

豊吉は裏庭の井戸で鍋《なべ》を洗っていたお梅に声を掛けた。

「お早う、豊吉さん。ねえ、今日は外廻《まわ》りの仕事がある？」

「さあねえ」

「意地悪。日本橋《にほんばし》に行ったら、桔梗屋《ききようや》さんでへちま水を買ってきてほしいのだけど」

「野郎がそんなものを買うのはみっともねェよ。悪いが他の者に頼みな」

豊吉はにべもなく応えた。途端、お梅は涙ぐんだ。

「何んだよ。泣くことねェじゃねェか」

「あたしが自分で買いに行けるのなら、あんたなんかに頼まないよ。朝から晩まで仕事があるのよ。楽しみは晩ごはんの後に行く仕舞湯《しまいゆ》だけ。あんたは外に出たついでに息抜きもできるじゃない」

お梅は涙声で言う。

「わかった、わかった。買ってくるよ」

豊吉は仕方なく応えた。

「嬉《うれ》しい」

今泣いたからすは、すぐに満面の笑みになった。

「小間物屋なら広小路《ひろこうじ》にもあるだろうが」

「桔梗屋さんのものじゃなきゃ駄目なの」

「誰に見しょとて、紅《べに》かねつけて、ってか」

豊吉はからかうように笑う。

「豊吉さんは女心がわからないのよ」

お梅は、ぷんと膨《ふく》れた。

「まあ、せいぜい磨いて、いい亭主を見つけることだな」

そう言うと、お梅の表情が凍った。悔しそうに唇を嚙《か》む。それもこれも、あんたのためなのよと言いたかったのかも知れない。

豊吉は余計な期待をお梅に持たせたくなかった。お梅を嫌っている訳ではないが、女房にしようとまでは思わない。それはお梅に限らず、今の豊吉にとって、年頃の娘は誰でもそうだった。おますが姑《しゅうとめ》では、どれほどできた女房でも、うまく行く訳がない。豊吉は女にのぼせたがる自分の気持ちを自然に抑えるようになっていた。

前垂れの端をきつく握り締めたお梅に構わず、豊吉は裏口から中へ入り、店座敷へ向かった。

勘次は帳場格子で囲った机の前で慇懃《いんぎん》に座っていた。

「お早うございます」

豊吉は丁寧に頭を下げた。勘次は軽く顎《あご》をしゃくった。四十五になった勘次は押しも押されもしない一番番頭である。暖簾分けされて店を構えていい年頃だが、吝嗇《りんしょく》の主《あるじ》は一向にそうするとは言わない。いっそ、両国《りょうごく》広小路の床見世《とこみせ》（住まいのつかない店）でも出そうかと、勘次はおますに洩《も》らしたこともあったが、その話もいつの間にか立ち消えになったようだ。

「今日の仕事の首尾はどんなもんだい」

勘次は目の前の帳面に眼を落として訊《き》いた。

「へい。午前中に浜町河岸《はまちょうがし》の津軽様のお屋敷へ注文されていた品物を届け、その後は小網《こあみ》町の伊勢屋さんを廻るつもりでおります」

「その後は？」

「ついでに魚河岸のお客様の所へ顔を出し、注文がないか訊いてみたいと考えております」

「すると戻りは夕方になるかねえ」

「へい。多分……」

「もう少し早く戻れないか。お前に、ちょいと話があるんだよ」

勘次は思わせぶりな様子で言う。

「何んのお話で？」

「縁談さ」

「………」

「お前は真面目《まじめ》に勤めている。うちの旦那も大いに期待しているようだ。わたしもお前を店に入れて本当によかったと思っている」

「待って下さい。わたしはまだ年が若いですし、そんな気は、これっぽっちもありません。せっかくですがお断り致します」

豊吉は慌てて勘次の話を遮った。

「ところが簡単に断る訳には行かないのだよ。相手は店のお嬢さんなのだからね」

店のお嬢さんと言われて、豊吉はピンときた。行かず後家と陰口を叩《たた》かれている備前屋の次女のおふみのことだ。菓子が好きで、おまけに部屋でごろごろしているから、でっぷりと太っている。笑い上戸で、いつもおふみの周りには笑い声が絶えなかった。長女はとっくに片づいていたが、おふみは二十歳《はたち》を過ぎたというのに、これといった縁談に恵まれていなかった。おふみの容姿が縁談の足を引っ張っているのだ。両親は、もちろんおふみの行く末を案じ、考え抜いた挙句、豊吉に白羽の矢を立てたらしい。

返答に窮して俯《うつむ》いた豊吉に勘次は、つっと膝《ひざ》を進めた。

「この縁談を纏《まと》めたら、旦那はわたしに暖簾分けしてくれると約束したのだよ。豊吉、わたしを助けると思って承知しておくれ」

そう言った勘次に豊吉は醒《さ》めた眼を向けた。

「伯父さんは旦那と取り引きしたってことですか。だが、おっ母さんが承知しませんぜ。おっ母さんは、そういうことを一番嫌う人だ」

豊吉は脅《おど》すように言った。

「さあ、そこだ。お前からうまく言ってほしいのだ。おますを怒らせたら手がつけられないからね」

「わたしの気持ちは二の次ですか。勝手な話だ」

「そんなことを言っていいのか。誰のお蔭で店に奉公できたと思う」

勘次は、いきなり怒鳴った。それを言っては、お仕舞いである。

「出かけますので、これで」

豊吉はそそくさと腰を上げた。勘次は憎々しげに豊吉を睨《にら》んでいた。

浜町河岸へ向かう途中、薬研堀に架かる元柳橋で豊吉は足を止めた。薬研堀の水は青黒く澱《よど》んでいた。昨日、雨が降ったせいかも知れない。昔、白い帆を孕《はら》ませた船が、この薬研堀に何艘《そう》も入って来たという。お江戸の繁栄を感じさせる清々《すがすが》しい景色だったはずだ。

豊吉が薬研堀を眺めるのは、なぜか途方に暮れた時ばかりに思えた。子供の頃、ため息をついて眺めた薬研堀は今も変わっていなかった。ぼんやり水面を眺めることで、幾らか気持ちは収まったものだが、その日の豊吉は自分の人生に歯がゆい思いを抱くばかりだった。

おふみとの縁談を断れば店に居づらくなるだろう。そのまま奉公を続けたとしても主とお内儀《かみ》の気分を害した自分に出世の望みはなくなる。それでもいいさと思う一方、おますのことは気掛かりだった。文句を言いながらも豊吉をここまで育ててくれた人だ。自分に対する情も深く感じている。

ふと、おますの横におふみを並べる図を思い浮かべ、豊吉は力なく首を振った。うまく行く訳がないと。

三

考えごとをしながら外廻りの仕事をしたので、お梅に頼まれていたへちま水のことは、すっかり忘れてしまった。

お梅は翌日から、ろくに口も利かなかった。

「お前、近頃、どうしたえ。晩ごはんを食べていても上《うわ》の空だよ。惚《ほ》れたおなごでもできたかえ」

薬研をごろごろやりながら、おますが訊く。

勘次に縁談をほのめかされてから三日ほど経った夜のことだった。

「それならいいけどよ。七面倒臭《しちめんどくせ》ェことを押しつけられて頭を抱えているのよ」

「何さ」

「おっ母さんは聞かねェ方がいい。頭に血が昇るわ」

「気になるからお話しよ」

「怒らねェかい」

「怒らないよ」

「約束だぜ」

「ああ」

念を押してから豊吉はおふみとの縁談を打ち明けた。おますは意外にも朗らかな笑い声を立てた。

「笑いごとじゃねェんだぜ」

怒ったのは豊吉の方だった。

「勘次兄さんもちゃっかりしている。転んでも只《ただ》じゃ起きない男だ」

「おっ母さんは、どう思うよ」

豊吉はおますの丸い眼をじっと見つめた。

おますは死んだ父親と似たような表情をすることがある。口に出したことはないが、豊吉は、そんな時、胸で父親の面影を懐かしんでいた。他のきょうだいには、なぜかそれが感じられなかった。

「お嬢さんと一緒になれば、この先、喰いっぱぐれることはないだろうよ」

計算高いのはおますも勘次と一緒だった。

「だけど、問題は二人の気持ちだ。豊吉がいいなら、わっちは反対しないよ。きっと縁談が纏まれば、備前屋の旦那は離れにぱりっとした部屋を建ててくれる。お前はいずれ出店《でだな》（支店）を持たされて、店の旦那に収まるだろうよ。悪い話じゃない」

おますは、そう続けた。

「おっ母さんも、そうなれば内職なんてしなくていいということか」

「わっちは今まで通り、ここで内職して暮らすさ。お前が不足の分だけ何してくれたら御《おん》の字さ」

「え？　そいじゃ、おっ母さんは、もしもおれがお嬢さんと所帯を持ったとしても一緒に住まないつもりなのか」

豊吉は驚いた。

「ああ。痩《や》せても枯れても、わっちは嫁の実家でのうのうと暮らすほど図々《ずうずう》しい女じゃないよ。お前が所帯を持ったら、ようやく肩の荷が下りる。後はわっちの好きなようにするつもりだ」

好きなようにって、今までだって好きなようにやって来たじゃないかと、豊吉は胸で呟《つぶや》く。だが、それは口にしなかった。

「まあ、とり敢《あ》えず、お嬢さんとよく話し合うことだ。問題はそれからさ」

おますは、そう言って、また薬研を動かし始めた。

おふみと一緒になった自分は他人から、さぞ滑稽《こっけい》に見えるだろう。豊吉は憂鬱《ゆううつ》になるのをどうしようもなかった。

「正月にさあ、おっ母さんの実家へ行った時ね、お祖父《じい》ちゃん、飲め飲めってあたしに銚子《ちょうし》を差し出す訳。あたしは、ほら、いけない口でもないから、猪口《ちょこ》は、まどろっこしいてんで、湯呑《ゆのみ》を貰ってぐいぐいやったのよ。案の定、帰りは千鳥足で、おまけにどぶに嵌《はま》ってしまったのよ。この体格でしょう？　おっ母さん、引き上げようとしても引き上げられなかった。おまけにどぶに嵌った拍子に足首をくじいちまってさ、立ち上がることもできない。その内に近所の鳶職の頭《かしら》が子分を連れてやって来たの。あたし、大振袖《ふりそで》着ていたから、袂がぐっしょり濡《ぬ》れて絡《から》みついていた。大の男が束になっても、あたしの身体は一寸も持ち上がらないのよ。仕舞いには丸太をあたしの背中にかませて、ぐいっとやって、ようやくどぶから引き上げて貰ったのよ。見物人はあたしを見て、鮪《まぐろ》だ鮪だと囃《はや》した。さすがにあの時は恥ずかしかったなあ」

おふみはそう言って、がはははと笑った。流行《はや》りの着物に高価な櫛や簪《かんざし》を挿《さ》していても、おふみにはちっとも映えない。これがお梅だったら見違えるようにきれいだろうと豊吉は内心で思った。

薬研堀でちょいと名の知れた鰻《うなぎ》屋の二階に備前屋の主、お内儀、それに勘次と豊吉が顔を揃《そろ》えていた。畏《かしこ》まっている豊吉に対し、おふみは自分の失敗談をおもしろおかしく語った。

おふみは奉公人の豊吉が相手なので、別に遠慮する様子もなく、普段と変わらなかった。

反対に豊吉は緊張していた。白《しら》焼き、たれ焼き、きも吸いが並べられても、箸《はし》が進まなかった。

「ほら、豊吉。この白焼きにわさびをちょいとつけて食べてごらん。おいしいよ」

おふみは糸のような細い眼をさらに細くして言った。

「豊吉。お前のおっ母さんは何んと言っておいでだえ」

お内儀のおふじは顔を出さなかったおますを気にした。おふじは目鼻立ちが整っている。

おふみは母親に全く似ず、平家蟹《へいけがに》のような顔をした父親とそっくりだった。それも道理で、おふじはおふみの父親の後添《のちぞ》えだった。

「お前がそれでいいのなら、反対しないと言いました」

豊吉はおずおずと応える。

「投げやりだね。相手があたしと知って、呆《あき》れ返ってしまったのかも知れないね。豊吉とあたしの組み合わせじゃ、落とし噺《ばなし》より笑えるもの」

おふみは冗談交じりに口を挟む。

「お嬢さん。真面目に話をして下さいまし」

勘次はちくりと小言を言った。

「真面目にねえ。番頭さんも意地が悪い人だ。可愛《かわい》い甥《おい》っ子をあたしに押しつけるなんざ」

おふみは、つかの間、真顔になった。

「そんな、押しつけるだなんて」

勘次はおふみの両親の顔色を窺《うかが》いながら慌てて言う。

「この縁談を纏めたら暖簾分けされるんだろ？　甥っ子を出世のダシに使うところは、さすが備前屋の番頭だね」

「これ、おふみ」

たまらずおふじが制した。

「お父《と》っつぁんとおっ母さんは、さっさとあたしを厄介払《やっかいばら》いしたいようだが、そうは問屋が卸さないよ。豊吉の顔を見てごらんな。真っ青で幽霊にでも出くわしたようだ。店の旦那、お内儀、番頭が示し合わせて縁談を持ち込めば、豊吉は断れるものか。あたしは、そこを考えろと言ってるのさ。豊吉、心配しなくていいよ。お前、お梅と一緒になりたいんだろ？」

おふみの言葉に三人は一斉に豊吉を見る。

「お、お梅さんとどうにかなろうだなんて、これっぽっちも思っておりません。誤解です」

「あら、誤解なの？　お梅、お前の姿を始終、眼で追っているから、てっきりそうなのかと思っていたんだよ」

おふみはとり繕《つくろ》うように鼻の下を指で擦《こす》った。

「まあ、豊吉は男前だから、言い寄るおなごも多いだろうな」

備前屋吉兵衛《きちべえ》はその場をいなすように笑った。

「豊吉。ごはんを食べたら広小路でもぶらつこうか。二人でじっくり話をして、これからのことを決めようよ。たとえお前が断っても大事ないようにするから安心おし」

おふみはそう言って、鰻重を掻《か》き込んだ。

四

昼下がりの両国広小路は初夏の陽射《ひざ》しが溢《あふ》れていた。これから梅雨《つゆ》に入り、それが明ければ本格的な夏になる。通り過ぎる人々の下駄《げた》の音がのんびりした調子で耳に響く。

見世物小屋でも入ろうかと誘うと、おふみは首を振った。鰻屋にいた時とは違う浮かない表情だった。おふみは広小路に軒を連ねる水茶屋の一つに眼を留め「ここに入ろうよ」と、豊吉を促《うなが》した。

「まあ、備前屋のお嬢さん。本日はどうした風の吹き回しですか。いい人と一緒だなんて」

茶酌女《ちゃくみ》が如才ない口を利いた。おふみのなじみの見世らしい。

「間夫《まぶ》とさあ、しんみり話をしたいから、奥へ案内しておくれ。見世先じゃ、何かと噂になるからねえ」

おふみは冗談交じりに応えた。葦簀《よしず》張りの見世は床几《しょうぎ》に赤い毛氈《もうせん》を敷いている。

「豊吉、ごめんよ。無理をさせちまって」

おふみは改まった口調で言った。

「別にお嬢さんから謝られる覚えはありませんよ。こっちこそ、うまい鰻をご馳走《ちそう》になり、仕事も休ませていただいたので、いい骨休めになりました」

「そうかえ。それならよかった」

おふみはほっとしたように笑い、運ばれてきた煎茶《せんちゃ》を、口をすぼめて飲んだ。

「お前。あたしのことをどう思う?」

おふみは豊吉をまじまじと見て訊いた。

「どう思うとおっしゃられても、縁談が持ち上がるまでは店のお嬢さんとしか見ていませんでした」

「太っているとか、へちゃむくれとは思わなかったのかえ」

「まさか」

「正直にお言い」

「そ、そりゃあ、並の娘さんより少し体格はいいとは思っておりました。内所《ないしょ》（経営者の居室）から、いつも賑《にぎ》やかな笑い声が聞こえておりましたので、笑い上戸なのだなとも思っておりました。お嬢さんの笑い声が聞こえると、こっちも何んだか嬉しくなったものです」

「昔は泣き虫だったのだよ」

おふみはそう言って照れたように笑った。

肉が張った顔は、そのせいで小皺《こじわ》ひとつない。存外に色白でもあった。

「お前も知っている通り、おっ母さんは、あたしの実の母親じゃない。お父っつぁんは、今のおっ母さんと一緒になるために実のおっ母さんを離縁したんだよ」

「生き別れだったのですか」

豊吉の声が低くなった。

「ああ、そうさ。あたしはその時、五つだった。母親が一番恋しい年頃さ。毎日泣いていたよ。お祖母《ばあ》ちゃんに、そんなに泣いちゃ、眼がとろけるよと言われたものさ。あたしの機嫌を取るために、お祖母ちゃんは、しょっちゅう、お菓子をくれたよ。食べてる時だけ泣かなかったからさ。お蔭でこんなに太っちまった」

おふみは自嘲《じちょう》的に言った。

「生き別れは死に別れよりましですよ。わたしは母親の顔をろくに覚えておりませんから」

「お前の今のおっ母さんは勘助の妹に当たるそうだね」

伯父《おじ》の勘次は、店では勘助と呼ばれている。

「はいそうです。てて親が労咳で死ぬと、てて親のきょうだいがお袋にわたしを押しつけたんです。お袋も貧乏くじを引いて気の毒な人です」

「勘助はお前を店に入れてやったと恩に着せているんだろ？」

おふみは訳知り顔で訊く。

「まあ、それは本当ですから何も言えません」

「この縁談を纏めたら勘助は暖簾分けされるそうだが、お前はそれをどう思うかえ」

「勝手だと思います」

豊吉はおずおずと応えた。

「それを聞いて、少しほっとしたよ」

おふみは少し笑った。

「どうしてですか」

豊吉は怪訝《けげん》な表情でおふみを見た。

「お前は本心をなかなか言わない男だからさ」

「お嬢さんは何んでもお見通しなんですね。いや、畏《おそ》れ入りました」

豊吉はからかうように言う。

「で、どうするのさ」

おふみは縁談の返事を急《せ》かしていた。

「お嬢さんは、いつ祝言《しゅうげん》を挙げてもいいお年ですが、わたしはまだ十八です。少し早いと考えております。しかし、このお話を断れば、わたしは店をやめなければならないでしょう」

「だから、そんな心配は無用だと、最初に言ったじゃないか」

おふみはいらいらした様子で湯呑の茶を飲み干し、茶酌女にお代わりを催促した。

「お嬢さんはそれでいいかも知れませんが、こっちはそう行かないのです。店には居づらいですよ。それればかりじゃありません。わたしが店をやめたら、伯父はお袋に内職の仕事も回してくれないでしょう。たちまち食べるのに事欠く始末になります」

そう言って、豊吉は思わずため息をついた。

だが、すぐに「すみません。ため息なんてついて」と謝った。

「何んだよ。ため息ぐらいで謝らないでおくれ」

おふみは笑っていなした。豊吉は少し驚いた。ため息を咎《とが》めない人間に初めて会った気がしたからだ。その拍子に、おふみに対する気持ちが少し変化したように感じた。なぜかわからなかったが。

「ため息ぐらい……ですか」

豊吉は呟くように言った。

「おかしな男だよ。さあ、遠慮はいらない。これからお前がどうしたいのか、正直にお言い」

「時間を下さい。せめてひと月、できればふた月ほど。これからのことを、わたしなりに考えてみたいので」

「わかった」

おふみはものわかりよく応え、にッと笑った。だが、すぐに真顔になり「あたしに何か注文はないかえ」と訊いた。

「注文？」

「ああ。あたしにこうしてほしいとか、何かないかえ。縁談が持ち上がったんだから、お前は、ただの奉公人じゃない。気軽な口を利いていいのだよ」

そう言われても、豊吉はすぐに言葉が出なかった。しばらく沈黙が続いたが、それは苦痛というほどのものでもなかった。豊吉が思案している間、茶酌女がおふみの前に草団子を載せた皿を置いた。おふみは嬉しそうに「ありがとよ」と応える。えくぼのできたふっくらした手が、その草団子に伸びた時、豊吉は決心を固めて口を開いた。

「お嬢さん」

「え？」

「注文が見つかりました」

「何んだえ」

「菓子をやめて下さい。そうすれば痩《や》せます」

おふみは呆気《あっけ》に取られた表情をし、それから弾《はじ》けるように笑い声を立てた。仕舞いには足をばたばたさせて笑い転げた。豊吉はどうしてよいかわからなかった。

おふみは笑いが収まると、手巾で眼を拭《ぬぐ》った。

「ありがとよ。そんなことをあたしに言った人はいないよ。そうだよ。もうお菓子を食べて寂しいのを我慢することはないんだ。あたしはもう、寂しくなんかない。豊吉、約束するよ。だから色よい返事を聞かせておくれね」

おふみは縋《すが》るように言った。おふみは豊吉に好意を持っていて、できれば一緒になりたいと考えているようだ。その時の豊吉も、おふみの気持ちを、もう迷惑とは思っていなかった。

五

おふみは本当に菓子を食べなくなった。晩めしも以前より控えているらしく、周りの者はどこか具合が悪いのじゃないかと心配していた。豊吉の出した注文に応えようとしているおふみがいじらしい。

気のせいか、おふみの顎《あご》の辺りがすっきりして見える。おふみとの縁談に承知とも不承知とも言わない豊吉に勘次はいらいらしているようだが、豊吉は毎日、決められた仕事をこなしていた。気持ちは八割方、おふみに傾いている。後はおますの今後のことだけが悩みの種だった。

いつものように暖簾を下ろし、店の表戸を閉《た》てた後に豊吉が裏口から帰ろうとしていた時だった。

「豊吉さん」

お梅が豊吉の前に立ちはだかり、強い眼で引き留めた。

「な、何んだよ、おっかねェ顔をして」

「お嬢さんと祝言を挙げるの？」

「そんなこたァ、お梅ちゃんに言うことでもねェ。ほっといてくんな」

豊吉はにべもなく応えた。

「見そこなったよ。あんなお嬢さんと一緒になってまで出世がしたいなんて」

「あんなお嬢さんという言い種《ぐさ》はねェだろう。ものの言い方に気をつけな。お梅ちゃんは店に使われているんだろ？　雇い主の悪口を言うのは恩知らずだぜ」

「だってそうじゃない。二十歳を過ぎているし、太っているし、お面《めん》はぱっとしないし、幾らお嬢さんでも、豊吉さんの好むような女じゃないよ」

お梅は小意地の悪い表情で吐き捨てた。

「シッ、声がでかいぜ。内所に聞こえたらどうする」

豊吉は辺りの様子を窺い、お梅を制した。

「豊吉さん。あたしと一緒になって。あたし、何んでもする。苦労しても構わない」

お梅の眼が赤くなっていた。

「お梅ちゃん。世の中はな、惚《ほ》れて惚れられて一緒になる男と女もいれば、そうじゃねェのもいるのよ。おれは番頭さんの甥だ。おっ母さんは店から内職の仕事を貰っている。どういうことかわかるだろ？　おれの思う通りにはならねェってことよ。悪いことは言わねェ。お梅ちゃんはおれじゃなくて、別の亭主を探してくんな。お梅ちゃんの気持ちはありがたくいただいておくからよ。お梅ちゃんは、若いし、きれいだ。その内にお梅ちゃんを見そめる男は幾らでも現れるさ」

豊吉は慰めるようにお梅の肩を叩いた。

お梅はそれを邪険に振り払い、泣きながら台所に入って行った。ため息が出そうになる。豊吉はそれを、ぐっと堪《こら》え、薬研堀の家に向かった。

お梅のことを別にすれば、その日は普段と変わりがなかったと思う。雨が続いて、蒸し暑く、豊吉の身体は汗ばんでいた。星も出ていない空を見上げた時、豊吉は微《かす》かな胸騒ぎを覚えた。心当たりのないまま、豊吉の足は自然に速くなった。

「おっ母さん、帰《け》ェったよ」

豊吉は家の土間口で声を張り上げた。いつもなら、台所からおますが顔を出し「お帰り。疲れただろ？　ささ、湯屋へ行っといで」と、小桶《こおけ》を差し出すのだ。だが、その日に限って返答はなかった。夕餉《ゆうげ》の仕度をしている様子もない。上がり框《かまち》に置いてある雑巾《ぞうきん》で足の裏を拭うと、台所に通じる間仕切《まじき》りの暖簾を引き上げ、そっと中を覗《のぞ》いた。途端、豊吉のうなじの辺りがちりちりと痺《しび》れた。胸騒ぎは、これだったのかと合点する。おますは台所の狭い板の間に倒れていた。心《しん》ノ臓《ぞう》の発作でも起こしたのかと思った。

「おっ母さん！」

慌てておますの傍に近寄ると、おますは眼を開けて天井を睨んでいる。首にしごきが絡みついていた。もはや息をしていなかった。

そこで初めて、豊吉は、ただの異変ではないことに気づいた。

豊吉が帰る間に誰かが忍び込み、おますの首を絞《し》めたのだ。茶の間に行くと長火鉢の引き出しがすべて開けられている。物盗《ものと》りだ。

そう思うと豊吉は家を飛び出し、近くの自身番へ向かった。それから大騒ぎとなった。

八丁堀《はっちょうぼり》の役人が訪れ、家の中をくまなく調べた後で、豊吉は自身番で詳しい事情を訊かれた。

「お前ェが家に戻った時、おますはすでに倒れていたのだな」

四十五、六の同心は胡坐《あぐら》をかき、自身番の書役《かきやく》の淹《い》れた茶を飲みながら訊く。

「へい」

「誰か怪しい者に出くわさなかったか」

「いいえ」

「お前ェはいつも、暮六つの鐘が鳴った後にヤサ（家）に戻るそうだが、自身番に知らせて来た時は、それから半刻《はんとき》（約一時間）ほど経っていたそうじゃねェか。店とお前ェのヤサは一町と離れていねェ。今日は格別用事でもあったのけェ？」

同心は抜け目のない表情で豊吉を見た。自分が疑われているのだと感じると、豊吉の胸を冷たいものが通り過ぎた。

「帰りがけに、ちょいと店の女中さんと話をしたもので、刻《とき》を喰ってしまいました」

「女中ってのは誰よ」

「へ、へい。お梅さんという人です」

そう応えると、同心は土地の岡っ引きの捨蔵《すてぞう》に目配せした。捨蔵は、それを受けて外に出て行った。普段は穏やかな表情で豊吉に声を掛ける捨蔵だが、その日は妙によそよそしい態度をしていた。捨蔵もやはり自分を疑っているのだと豊吉は思った。

「近頃、お前ェに縁談が持ち上がっているそうだな」

同心は慇懃な態度を崩さずに話を続けた。

「へい……」

それが、おますが殺されたことと、どんな関係があるのかと豊吉は思った。

「お前ェはおますの実の倅じゃねェ。そうだな？」

「……」

「継母《ままはは》は生みの親とは違う。苛《いじ》められたこともあっただろうよ」

「そんなことはありません。お袋は継母と言っても父親の妹に当たる人です。全くの赤の他人じゃありません」

「庇《かば》うのけェ……殊勝《しゅしょう》なこって」

同心は皮肉な言い方をした。

「近所の年寄り連中に聞いたらな、お前ェは、子供の頃、遊ぶ暇もねェほど用事を言いつけられていたそうじゃねェか。さぞ、恨みに思ったこともあるだろうよ」

同心は訳知り顔で続ける。

「お言葉ですが、子供が親の手伝いをするのは当たり前のことだと思います。うちは親一人、子一人の暮らしでしたんでなおさらです」

豊吉は同心に言葉を返した。

外に出ていた捨蔵が戻って来て、同心に耳打ちした。

「そうか、ご苦労。豊吉、悪いがこれから三四《さんし》の番屋へ移って貰おうか」

同心はおもむろに言った。三四の番屋は日本橋にある大番屋のことで、重罪を犯した者が連行される場所だった。

「わたしは何もしておりません！」

豊吉は悲鳴のような声を上げた。

「往生際が悪いぜ。お梅という女中はな、お前と話なんてしていねェと言っているんだぜ。出放題（でたらめ）もいい加減にしな。お前ェは店の娘との間に縁談が持ち上がり、反対する母親が邪魔になって殺したんだ」

「違います」

「ほう、そいじゃ、賛成したって言うのか。冗談、きついぜ。おますは昔、柳橋で芸者を張った女だ。娘を見る眼は肥えている。倅に行き遅れの女相撲取《すもうと》りのような嫁が来ることを喜ぶとは思えねェよ。捨、さっさと縄を掛けろ」

同心は有無を言わさぬ態度で捨蔵に命じた。

どうしてこんなことになるのか、豊吉にはさっぱりわからなかった。お梅の嘘《うそ》にも衝撃を受けていた。

何も悪いことはしていない。今まで真面目に生きてきた。なのに、このていたらく。怒りが衝《つ》き上がる。豊吉は血が滲《にじ》むほど強く唇を噛んだ。

三四の番屋では案の定、きつい仕置きを受けたが、豊吉は胸を真っ赤に焦《こ》がす怒りに支えられ、辛うじて破れかぶれの自白をせずに済んだ。深更《しんこう》に及び、ようやく諦《あきら》めた同心は豊吉を牢《ろう》に収監した。

痛めつけられた身体は、寝返りを打つことも容易ではなかった。冷たい牢の中で、豊吉は自分の運もここまでかと思った。すると、おふみの丸い顔が脳裏に浮かんだ。主とお内儀は「豊吉は恐ろしい男だったのだよ。おふみ、祝言を挙げる前でよかったね」と慰めているだろう。おふみは仏頂面のまま、菓子入れに手を伸ばし、饅頭《まんじゅう》を頬張っているかも知れない。哀《かな》しみを忘れる術《すべ》はそれしかないからだ。

その夜、豊吉は夢を見た。おふみがぱんぱんに膨れた身体で、豊吉の前に現れ、大きく腕を拡《ひろ》げる。そして豊吉を力いっぱい抱き締めるのだ。苦しくて息もできない。

（お嬢さん。勘弁しておくんなさい。どうぞお嬢さん、腕を放しておくんなさい。息ができない……）

「おい、起きろ」

牢の鍵《かぎ》が外《はず》され、紺の半纏《はんてん》を着た中間《ちゅうげん》らしいのが豊吉に声を掛けた。気がつけば、いつの間にか朝になっていたらしい。牢内は暗かったが、外から鳥の声が微《かす》かに聞こえる。

牢を出て、よろよろと歩いて行くと、仕置き場に一人の男が縄を掛けられて座っていた。

豊吉の知らない顔だった。

「豊吉。辛い目に遭《あ》わせて悪かったな。おれはどうしてもお前ェが母親を殺すとは信じられなかったんで、夜っぴてあちこちに探りを入れたのよ。鍵はお梅だったよ。備前屋の娘はお梅の髪を引きずり回してお前ェと話をしていたことを白状させたのよ。備前屋の娘に掛かっちゃ、お梅は手も足も出ねェ。備前屋の娘は大したつわものだ。豊吉、それだけ惚れられているんだ。嫁にしてやんな」

捨蔵は鷹揚《おうよう》な顔で笑った。

豊吉は生唾《なまつば》をごくりと飲み下し「下手人はそいつですかい」と訊いた。

「おうよ。広小路の女郎屋から出て来たところで、ちょいと話を訊いた。辻褄《つじつま》の合わねェことばかりをほざいたんで、ピンときた。締め上げると、あっさり白状したよ。おますが小金を持っているように見えたんで狙《ねら》いをつけたそうだ。お前ェのヤサが袋小路の奥だから、人目につかねェのをいいことに……」

捨蔵の話を皆まで聞かない内に豊吉は下手人にむしゃぶりつき、加減もなくその顔を殴った。

「何んで、うちのおっ母さんを狙った。他に幾らでも金を持っている奴《やつ》がいただろうが。よりによって、どうしてうちのおっ母さんだったんだ！」

「やめろ、豊吉。こいつは間違いなく打ち首、獄門《ごくもん》の沙汰《さた》となる。お前ェの仇《あだ》は奉行所が取ってくれる。落ち着くんだ」

捨蔵は慌てて豊吉を止めた。下手人は三十五、六の色黒の男だった。豊吉に殴られた時は顔をしかめたが、すぐに何事もなかったような表情に戻った。罪の意識など微《み》塵《じん》も感じられない。悪うござんしたと謝ったのなら、まだしも豊吉の気持ちは収まっただろうに。

「こいつがどうなろうと、おれの知ったことじゃねェ。わかっていることは、おっ母さんは死んじまって、二度とおれの前に姿を見せねェということだ」

言いながら豊吉の眼に涙が溢れた。昨日の朝まで元気にしていた人が、夕方には亡骸になっていた。それが納得できない。

「ヤサに帰ェんな。お袋さんが待っているぜ」

捨蔵は豊吉の眼を避け、低い声で言った。

豊吉は捨蔵にこくりと頭を下げると、覚つかない足取りで大番屋の外に出た。外にはおふみが勘次と一緒に待っていた。

おふみは出て来た豊吉に、ぶつかるように抱きついてきた。その拍子に身体の節々が悲鳴を上げた。

「心配で心配で、あたしは一貫目（約三・七五キロ）も目方が減ってしまったよう」

「お嬢さん。勘弁しておくんなさい」

豊吉はおふみの腕を振りほどこうとしたが、おふみはそうさせなかった。なおさら力を込める。苦しくて息ができない。昨夜、牢の中で見た夢は正夢だったと豊吉は思った。

六

勘次はひと足先に日本橋の船着場から米沢町へ戻った。残された二人はゆっくりと歩いて帰るつもりだった。今夜はおますの通夜が営まれる。帰れば仕度でろくに話をする暇はない、せめて歩きながら色々と段取りを調《ととの》えたいと言ったのはおふみだった。

「可哀想《かわいそう》だけど、お梅は実家に戻したよ。お梅の嘘でお前は危うく親殺しの下手人にされるところだったからねえ」

「そうですか……」

「お前の家はおときと一緒にあたしが片づけておいたからね」

「あいすみません」

「檀那寺にも知らせをやった。お前はお悔やみに来た客に喪主らしく挨拶《あいさつ》をしていればいいよ。後はあたしに任せて」

おふみの言葉が頼もしい。豊吉は頭を下げた。

「お弔いが終わったら、当分、店で寝泊りする方がいい。家で独りになるのは寂しいだろうから」

「ありがとうございます」

「全く、明日はどうなるか知れたものではないねえ」

「………」

「だけど、お梅はどうして嘘なんてついたんだろう」

「お嬢さんと縁談が持ち上がったことがおもしろくなかったんでしょう」

豊吉は当たり障りのないように言った。

「お梅、お前に惚れていたからね。自分の方があたしよりましだと思っていたんだろう。ま、その通りだけど」

「お梅さんの髪を引きずり回して白状させたとか……」

上目遣いでおふみを見ると、おふみは、ふんと鼻先で笑った。

「お前がしょっ引《び》かれると、店は大騒ぎになったよ。誰もがお前の噂をしていた。お父っつぁんとおっ母さんは、顔をつき合わせて、どうしたらいいものかと思案していた。だけど、あたしは、ちっとも疑っていなかった。お前が母親を殺す理由なんてなかったもの。お前はおっ母さんに育てて貰った恩を十分に感じていた。あたしとの縁談に、すぐに返事をしなかったのは、おっ母さんのこれからの暮らしを案じていたからだ。そうだろ？」

「ええ。お袋はわたしがお嬢さんと祝言を挙げた後は独り暮らしをするつもりだったんです。言い出したら梃子《てこ》でも動かない女ですから、わたしも悩んでいたのです」

「そうだろうと思っていたよ。ところが、あのお梅は、お前の母親が継母だから昔から憎んでいたと周りの者にあれこれ喋《しゃべ》っていたのさ。あたしは頭に血が昇って、お前に何がわかると喚《わめ》いてやった。継母を持っているのはあたしだって同じだ。お梅はあたしの剣幕に恐れをなして、実はこうだったと白状したんだよ。別にお梅の嘘を暴《あば》こうとした訳じゃないよ。お梅は自分からそう言ったのさ」

おふみは、きゅっと眉《まゆ》を上げた。

おふみの機転がなければ、豊吉はまだ大番屋に留め置かれていただろう。

「お嬢さんのお蔭で疑いが晴れました。このご恩は一生忘れません」

豊吉は、また頭を下げた。

「下手人がすぐに見つかってよかったよ。親分は腕のいい岡っ引きだったってことだ」

おふみはそう言って、ふっと笑った。

長い道のりも二人で歩けばそう感じない。

いつの間にか薬研堀に着いていた。

元柳橋で豊吉は足を止めた。

「お嬢さん。ここの堀は、昔はもっと長かったんですよ。武家地と米沢町の間は、ずっと堀だったそうです。知っていましたか」

「ううん。知らない。するとお前の家の辺りも昔は堀だったのかえ」

「そうです」

「船も入って来たのだね」

「ええ。餓鬼《がき》の頃は、この橋から、よく堀を眺めたものです。子供心にこの先どうなるのかと案じていましてね、ため息ばかりついておりました」

「ため息をつけば、おっ母さんに叱られるから、ここで盛大にため息のつきだめをしていたんだね」

「その通りですよ。そう言えば、お袋はため息なんてつかなかったなあ。どうしてだろう」

「ため息をついたって仕方がないもの。それより、お前を食べさせるのが先だったの
さ」

おますの胸の内を知っているようなおふみが豊吉には不思議に思えた。

「お嬢さんは、うちのお袋のことをどんな女だと思っていました？」

「柳橋の芸者さんだったたってね。普段着でも様子が垢抜《あかぬ》けていたよ。勘助の話じゃ、
お前を引き取ってからも後添えの話があったらしいよ。だが、皆、先様《さきさま》に子供がいる
人ばかりだった。お前を連れて後添えに入れば、お前だけを可愛がる訳には行かない。
また、子供のない男は甲斐性《かいしょう》なしで、先行きが不安だった。それでとうとう独り身を
通してしまったんだよ」

そんな話は初耳だった。胸が熱くなる。喉《のど》が苦しい。豊吉は掌《てのひら》を口許に押し当てて
咽んだ。

「お前のおっ母さんこそ、ため息をつきたかっただろうね。あたしは、そう思うよ」

薬研堀の水面はきらきら光って見えた。

「ため息をおつきよ。家に戻ったら、それどころじゃないから」

おふみは笑いながら言う。

「いえ、もうため息はつきません。お袋の言葉を遺言だと思って守ります」

「いい心掛けだ。それで……」

おふみは言い難《にく》そうに豊吉を見る。自分を女房にしてくれるのかという顔だった。

「決して離縁しないと約束していただけますか。それから、子供が一人前になるまでは達者でいることも」

そう言うと、おふみはぐすっ、ぐすっと水洟《みずばな》を啜《すす》った。

「合点承知之助《がってんしょうちのすけ》」

応えたおふみの声がくぐもる。豊吉は笑っておふみの肉づきのよい肩に自分の腕を回した。

通り過ぎる人々は苦笑交じりに二人を見た。

構うものかと豊吉は思う。惚れて惚れられて一緒になる夫婦より、もっと強い絆《きずな》で二人は結ばれるのだ。豊吉は店を守《も》り立てるために働き、おふみと生まれた子供達を可愛がる。自分ができることはそれだけだ。後はおふみに任せておけば、足許を掬《すく》われることもないだろう。そう思うと、豊吉はおふみの肩に腕を回したまま歩みを進めた。

薬研堀の水は、微かに潮の匂《にお》いがしていた。

裾継《すそつぎ》

油堀

一

大川《おおかわ》を一本隔《へだ》てた深川《ふかがわ》は江戸府内とは、ひと味違う場所である。羽織と呼ばれる深川芸者は意気地と張りが身上だ。いやな客には平気で剣突《けんつく》を喰《く》らわせる。そういうところが辰巳風《たつみふう》ともてはやされ、サッサおせおせ、とばかり、深川通いをする粋客が後を絶たない。手間も暇も掛かる吉原《よしわら》より手軽に遊べるせいもあるだろう。猪牙舟《ちょきぶね》の船頭は客を茶屋や遊女屋へ案内して重宝がられている。吉原なら引き手茶屋を通さなければ遊女屋へは揚《あ》がれない。

深川には七場所《ななばしょ》と呼ばれる岡場所《おかばしょ》（私娼窟《ししょうくつ》）が分布している。なに、厳密には七以上になるのだが、土地の人々は験《げん》をかついで、無理やり七場所にしているのだ。深川八幡宮《はちまんぐう》近くの仲町《なかちょう》、土橋《どばし》、新地《しんち》、櫓下《やぐらした》（表櫓《おもてやぐら》・裏櫓）、裾継《すそつぎ》、佃町《つくだちょう》（俗にあひる）、大島川《おおしまがわ》近くの石場《いしば》が七場所に当たる。その他《ほか》に三十三間堂と松村町《まつむらちょう》の網打場《あみうちば》も、よく知られた岡場所である。

裾継は油堀《あぶらぼり》に面した岡場所だった。油堀は下之橋《しものはし》から富岡橋《とみおかばし》（閻魔堂橋《えんまどうばし》とも言う）、永居橋《ながいばし》の下を通って木場《きば》へと流れる堀である。

昔、佐賀町《さがちょう》の近くに油問屋の会所《かいしょ》があったことから、その名がつけられたという。かつては油売りを生業《なりわい》とする者も多く住んでいたらしい。

油堀の由来はわかるが、裾継がもうひとつよくわからない。武士の衣冠束帯《いかんそくたい》の装束では表袴《うえのはかま》というものを穿《は》くそうだ。その表袴の裾から七寸五分ほどのところにある縫い目を、裾継と言うらしい。春をひさぐ場所に高貴な衣裳《いしょう》の名称が遣われているのが解せないと、おなわは客に訊《き》かれる度に思う。

おなわは裾継にある「加茂屋《かもや》」という子ども屋（遊女屋）の女将《おかみ》だった。表向きは料理茶屋の体裁を繕《つくろ》い、料理番を置いて料理や酒を出す。だが、妓《おんな》達は交代で見世《みせ》前に出て、通り過ぎる男達の袖《そで》を引く。また、他の見世で妓の手が足りなくなれば、そっちへ行くこともある。揚げ代は昼二朱、夜一分である。

裾継には三十軒余りの見世が軒《のき》を連ねている。売り上げの多寡《たか》に拘《かか》わらず、見世同士の連帯は堅かった。

子ども屋は官許公認の吉原と違い、奉行所の手入れがあれば、主《あるじ》はたちまち後ろに手が回る危うい商売である。おなわの亭主の彦蔵《ひこぞう》も何度白州《しらす》に引っ張り出され、罰金刑を受けたか知れない。それでも商売を続けていたのは、もちろん、生計のためではあるが、抱えている妓達のことも心配だったからだ。裾継の子ども屋の中にはあくどい商売をしている見世もある。

その中で、加茂屋は比較的良心的な見世だと評判が高かった。加茂屋が商売をやめたら、妓達は路頭に迷い、結局は別の見世に散って行くだろう。仕舞いには夜鷹《よたか》や舟饅頭《ふなまんじゅう》に身を落とし、哀れな最期《さいご》を迎えるのだ。そういう妓達をおなわも彦蔵も、いやというほど見てきた。

二人とも、この商売には内心でうんざりしている。できるなら見世と地所を手放し、向島《むこうじま》辺りに引っ込んで呑気《のんき》に余生を送りたいと思っているのだが、様々な事情を抱えた娘達が女衒《ぜげん》に連れられてやって来ると、むげに断ることもできなかった。

だから、妓達の年季が明けたら、できるだけ堅気《かたぎ》の男と所帯を持つことを勧めた。遊女暮らしをしていた妓なんてと眉《まゆ》をひそめる者もいるが、世の中は存外、捨てたものでもなく、喜んで女房に迎える奇特な男もいるのだ。

おなわは三十八、彦蔵は四十五になる。おなわは彦蔵の後添《のちぞ》えに入った女だった。彦蔵は三十歳の時、見世にいた妓と所帯を持ち、娘が生まれている。だが、先妻のおみよは娘を産んで間もなく家を飛び出した。どうやら、おみよには言い交わした相手がいたらしい。

彦蔵と所帯を持ち、子を孕《はら》むと、おみよは、一旦《いったん》は相手のことを諦《あきら》めたらしいが、彦蔵の母親と反《そ》りが合わなかったせいもあり、子供を産み落とすと、またぞろ昔の相手と縒《よ》りを戻したのだった。もちろん、彦蔵は見世の若い者と一緒におみよの行方を捜したが、見つけることはできなかった。おみよと相手の男は、手に手を取り、深川の外へ逃げたらしい。このことは、子ども屋の主らしくないと、彦蔵は同業者にさんざん笑われたようだ。

生まれた娘は母親が世話をしてくれて心配はなかったが、彦蔵は女を見る目のない自分につくづく嫌気が差し、酒に溺《おぼ》れるようになった。

そんな時、父親の友人で木場の仲買人《なかがいにん》をしていた田代屋金三郎《たしろやきんざぶろう》という男が吉原にいい妓がいるから、一度会ってみないかと言った。

番頭新造《ばんとうしんぞ》をしていて、あと二年で年季が明ける。幸い、身請《みう》けの話もなければ、間夫《まぶ》（恋人）もいない。お面はさほどでもないが、何しろ人柄がいいし、辛抱強い妓だと熱心に勧めた。

彦蔵は正直、色街の妓はたくさんだと思っていた。後添えには堅気の娘がいいと応《こた》えた。

金三郎はその瞬間、眼を剝《む》いた。

「堅気の娘に加茂屋の女房は勤まらないよ。甘えたことを言うんじゃない。そんな了簡《りょうけん》だから女房の胸の内を読めなかったんだ」

金三郎の言葉に彦蔵は、ぐうの音《ね》も出なかった。金三郎が彦蔵に勧めた相手が、つまり、おなわだった訳だ。

おなわは本所押上村《ほんじょおしあげ》の農家の娘だった。農家と言っても小作で、父親は地主に土地を借りて米や野菜を作っていた。きょうだいが八人もいたので、食べるだけのかつかつの暮らしが続いていた。

冷害に襲われ、秋の収穫が何もなかった年、父親は翌年の小作料と種籾《たねもみ》の工面ができなかった。十五歳のおなわは十八両で吉原の遊女屋へ売られた。

おなわは両親を恨んでいなかった。自分が吉原へ行けば、幼い弟妹達が飢えずに済む。父親も今まで通り、仕事が続けられると思った。おなわを哀れがる母親に、おなわは気丈に言ったものだ。

「あたい、へっちゃらさ。こんなこと、慣れっこだい」

地主の息子に、祭りの夜に手ごめにされてから、おなわは心のどこかで、まともな嫁入りはできないだろうと考えていた。地主の息子は「誰にも喋《しゃべ》るなよ」と釘《くぎ》を刺した。喋ったら、お前の親父《おやじ》は百姓ができなくなるぞと脅《おど》した。子を孕んだらどうしょう。おなわは、そのことばかりを考えていた。幸い、そんなことはなかったのだが、調子に乗った息子は、またおなわに誘いを掛けてきた。一度目は仕方ないが、二度はいやだ。手を出したらお前の首を引っ掻《か》くと鎌《かま》で凄《すご》んでやった。以後、その息子が手を出すことはなかったが、今度は身売りしなければならない羽目に陥った。この世の中、いいことがあるなんて考えるのは間違いだ。今より悪いことが起こらなければ御《おん》の字だ。おなわは、そんなふうに考える女になった。

だから、遊女屋に入って姉女郎に意地悪されても、遣《や》り手婆《てばば》ァにきつい折檻《せっかん》を受けても、さほどこたえなかった。押上村にいるより、ずんとましだと。

彦蔵は金三郎と一緒に渋々、吉原にやって来た。おなわが奉公していた「扇屋《おうぎや》」の主は、見世の普請の際に便宜を図って貰《もら》って以来、金三郎とは親しい間柄だった。金三郎の話に主の扇屋宇右衛門《うえもん》は相好を崩し「あれはしっかり者です。加茂屋の女将を立派にやって行けるでしょう」と太鼓判を押した。

彦蔵は、最初はおなわに気を惹《ひ》かれなかった。愛想のない妓に見えたし、おみよに対する未練もあったので、この縁談を反故《ほご》にするつもりでもいた。吉原に来たのは金三郎の顔を立てたに過ぎなかった。

二階の小座敷で二人きりになった時、彦蔵は洗いざらい自分の事情をぶちまけた。乳飲み子の世話と、利《き》かん気《き》の姑《しゅうとめ》がいると言ったら、おなわも及び腰になるだろうと思ったのだ。

「旦那《だんな》は、ほんにお気の毒でありいす」

おなわは低い声でそう言った。しんみり話をしていても番頭新造のおなわには色々用事があって、禿《かむろ》が花魁《おいらん》の言づけを伝えに何度も現れた。

「もし、花里《はなざと》さん。花魁がおっせいした。癪《しゃく》が起きたので、薬がおざんしたら、一服分けておくんなんし」

おなわは花里という源氏名《げんじな》だった。

「おや、それは大変。そこの小引き出しを開けなんし。奇《き》応丸《おうがん》が入っておりいすよ」

「一番上でおざんすか？　ありいせんよ」

「もうじれったいねえ。ようくお見なんし」

おなわは癇《かん》を立て、薬を取り出してやった。

だが、それだけでは心配のようで「旦那、ちいっと待っておくんなんし。花魁の様子を見てきんすに」と言って部屋を出て行った。

間もなく戻って来ると「花魁は、いやな客の相手を振る口実に癪を持ち出したようざます」と、苦笑交じりに応えた。かと思えば、「先日お渡しなんした手紙は、間違いなく届いていんすかえ。花魁が気にしておりいすに」と、また禿が訊きにくる。

「あい、それはもう。玉汐《たましお》さんの衣裳の工面は必ず殿さんが引き受けてくんなんすから、花魁は安心するようにとおっせェし」

どうやら振袖《ふりそで》新造の突き出し（披露目《ひろめ》）のことらしい。

禿はにっこりと笑い「あい」と応えて出て行った。

「あんたは、まるでこの見世の女将のようだ」

彦蔵は言った。気配りのよいおなわに感心していた。

「とんでもない。わっちは年増の番頭新造でありいすよ」

おなわは、皮肉な口調で応えた。

「それで、わたしのことだが、田代屋の旦那は、あんたと所帯を持たせたがっている。わたしは、さっき話したような事情だから、あんたから断ってくれないか」

「わっちが断るんでござんすか」

おなわは怪訝《けげん》な顔で訊いた。

「だって、あんたにとっちゃ、とてもいい話とは思えないんだよ。吉原と違い、わたしの見世は海千山千の妓ばかりだ。客の質もよくない。おまけに娘と利かん気な姑がいるとあっては、苦労は目に見えている」

「お妾《めか》になれと言いなんすなら、きっぱりとお断りしいすよ」

「……………」

「わっちの年季が明けるまで、あと二年でおざんす。それまで旦那が待って下さるか、それとも、年季二年分を含めて身請けして下さると言いなんすなら、承知してもいいざます」

おなわは彦蔵の眼をまっすぐに見つめて言った。媚《こ》びも衒《てら》いもない表情だった。

「本気なのかい」

彦蔵は恐る恐る訊いた。

「所詮《しょせん》、わっちも遊女をしていた身の上。旦那が本気で女房にして下さるなら、わっちは果報者でありいす」

おなわは、うっすらと眼を潤ませて応えた。

「よろしくお願いします」

彦蔵は商売の取引でも纏《まと》ったような口調で応えた。おなわはその拍子に、ふわりと笑った。初めて彦蔵に見せた笑顔だった。

おなわは二十四両で身請けされ、晴れて彦蔵の女房となった。

二

金三郎は三日に一度は加茂屋を訪れる。商売を息子に譲ると、自分は隠居し、気儘《きまま》に物見遊山《ものみゆさん》を楽しんでいる。加茂屋を自分の家の茶の間のように思っているらしく、気軽に上がって妓達を相手に与太話《よたばなし》を始める。だが、金三郎は加茂屋の妓を買うことはなかった。妓達も、小父《おじ》さん、小父さんと金三郎を慕っていた。

金三郎は暇潰《ひまつぶ》しに加茂屋を訪れるのだが、なかなかこの商売の事情通でもある。奉行所が岡場所の手入れをするらしいと噂《うわさ》を聞けば、そっと彦蔵に知らせ、妓達を金三郎の寮《りょう》（別荘）に避難させる。だから加茂屋にとって、金三郎は粗末にできない男だった。

おなわが乳飲み子の時から育てたおふさは十三歳になった。生意気盛りで、ことごとくおなわに反抗する。最近、おふさは、おなわが実の母親でないことをよそから吹き込まれたらしく、なおさらおなわの言うことを聞かなくなった。それが、おなわの悩みの種だった。おなわの下に芳蔵《よしぞう》と多吉《たきち》という息子が生まれた。おふさは、弟達にはよい姉だった。

彦蔵の両親はおなわが加茂屋に嫁いで十年後に相ついで亡くなった。おなわは舅《しゅうと》姑の分まで金三郎には長生きして貰いたいと思っている。金三郎は相変わらず、木場の近くにある家から、合切袋《がっさいぶくろ》を携《たずさ》えて、いそいそと通って来ていた。合切袋の中には紙入れやら、桜紙やら、細々とした物が入っている。

油堀が糊《のり》でも溶かしたように見える暑いさなか、金三郎はいつものように加茂屋を訪れた。ちょうど、昼めしの時分だったので、おなわは見世の妓達の間に金三郎を座らせ、茶漬けを出した。

金三郎は妓達をからかいながら嬉《うれ》しそうに箸《はし》を取った。

「ほれ、このカリカリの梅干しはお君《きみ》の乳首のようだよ」

「小父さん、わっちの乳首をいつ見たのだえ。けしからねェ。こう、くすぐってやろう」

お君という十八の妓は金三郎の腋《わき》の下に手を入れる。

「よさないか。茶漬けがこぼれる。けしからねェか。芥子《けし》が辛けりゃ、山椒《さんしょう》とわさびは佐渡へ金掘りにやるべェというものだ」

金三郎が地口《じぐち》で応えると、周りの妓達は声を上げて笑った。加茂屋の抱えの妓は五人いる。その中の二人は昼見世の客がついて部屋に引っ込んでいた。彦蔵は用事があると言って朝から出かけたきり、まだ戻っていない。

おふさと息子達は手習所《てならいどころ》の稽古《けいこ》に行っていた。

「小父さん、佃煮《つくだに》を喰いなせェ。こうこは、向かいの富倉屋《とみくらや》のおっ母《か》さんから貰ったもんだ。乙《おつ》にいい味だよ」

二十歳《はたち》のお里《さと》は如才なく勧める。富倉屋は加茂屋と懇意にしている子ども屋だった。妓達は見世の主と女将のことを、お父《と》っつぁん、おっ母さんと呼んでいる。

「ほう、そうかい。どれどれ」

金三郎は、あーんと口を開ける。お里は箸で漬け物を入れてやった。

「うん。うまいうまい。富倉屋の婆ァは漬け物上手だねえ」

「つがもねェ、富倉屋のおっ母さんと、うちのおっ母さんは幾つも年が離れちゃいねェ。向こうが婆ァなら、こっちも婆ァかえ」

お里は悪戯《いたずら》っぽい眼をして言う。つがもねェは、この頃深川で流行《はや》っている言葉で、呆《あき》れたとか、不思議だという意味がある。

「いや、おなわちゃんは、まだまだ若い」

金三郎は取り繕うように言った。妓達は金三郎の慌てた表情に、また笑う。

「いいですよ、婆ァでも何んでも」

おなわはそう言って、ひじきの煮物の丼《どんぶり》を金三郎の前に置いた。妓達の箸が一斉に丼に伸びる。

「これ、慌てるんじゃない。ひじきは逃げやしない」

金三郎はさり気なく妓達を窘《たしな》めた。

「うちの見世は、めしがたんと喰えるから、わっちらは倖《しあわ》せよ。裏櫓にわっちの友達がいるんだが、この間、湯屋で会ったら、毎度めしは盛り切り、お菜《さい》はこうこだけだと、こぼしていた。他のお菜は自腹だとさ。気のせいか、顔色も悪かったよ」

お浦《うら》という一番年上の妓が、ため息交じりに言った。お浦は二十七になる。暮になれば年季が明けるが、その先の身の振り方が決まっていなかった。

「その見世の主も女将も頭が悪い。喰わせるものを喰わせないじゃ、妓達は結局、病になって稼げなくなる。目先のことしか考えていない見世だな」

金三郎は不愉快そうに吐き捨てた。

「うちだって、さほどのものは食べさせちゃおりませんよ。この節は不景気ですからねえ。深川がこの通りなら、吉原《なか》はもっと閑古鳥《かんこどり》が鳴いているでしょうよ」

おなわはその時だけ遠い眼をした。

「おっ母さん、吉原が気になるのかえ」

お君が心配そうに訊く。今は廓言葉《さと》も、すっかり抜けたおなわである。

「いいや、あたしが心配なのはお前達のことだけさ」

「うそ。お嬢さんのことだって……」

そう言ったお里を、お浦は慌てて目顔で制した。

「あのおちゃっぴいが何かしでかしたのかい」

金三郎はおなわの顔を見た。

「いえね、どこからかあたしが実の母親じゃないことを吹き込まれたらしくて、何かと言えば継母《ままはは》のくせにと、あたしを恨むようになったんですよ。もう少し経《た》ったら、本当のことを明かそうと、うちの人と話していたんですよ。それが……」

おなわはくさくさした表情で言った。見世の妓達は、とっくに事情を察していたが、おふさの耳には入れていなかった。おなわを慮《おもんぱか》っていたからだ。

「実の母親じゃないと言ったところで、赤ん坊の時からおなわちゃんが育てた娘じゃないか。けしからねェ」

「芥子が辛けりゃ……」

口を挟《はさ》んだお君を他の二人の妓が睨《にら》んだ。

お君は首を竦《すく》めた。

「ただいまァ」

ふてくされたような声が聞こえた。

「おや、噂《うわさ》をすれば何んとかだよ」

金三郎は冗談交じりに言う。

おふさは内所《ないしょ》に入ろうとして腰を屈《かが》めた。

「こんな所に指貫《ゆびぬき》が落ちているわ。おっ母さんのかえ」

詰《なじ》るように言った。金三郎へ、ろくに挨拶《あいさつ》もしない。

「これ、おふさ。小父さんにご挨拶は？」

見かねておなわは催促した。

「小父さん、ようお越し下さいました。ごきげんよう」

おふさは、おざなりに応えた。

「芳蔵と多吉はどうしたね」

金三郎は一人で戻って来たおふさに訊いた。

おふさは涼しげな単衣《ひとえ》に友禅《ゆうぜん》の前垂れを締め、赤い塗りの櫛《くし》と花簪《はなかんざし》を挿《さ》している。並の娘達よりも派手な恰好《かっこう》が好みだった。

「あいつらは居残りさ」

「そうかい。帰って来たら、ようくさらってやんな。おふさは二人の姉ちゃんなんだから」

「そうだねえ、半分は血が繋《つな》がっているものねえ」

おふさは憎々しげに応える。

「そのことだが、おふさちゃんは誰におっ母さんのことを聞いたんだい」

金三郎は真顔で訊く。

「それは……」

おふさは言葉に窮して俯《うつむ》いた。所在なげに摘《つま》み上げた指貫をいじる。

「赤ん坊の時から今のおっ母さんに育てて貰ったくせに、今さら、実の親じゃないからと剣突喰らわすのは恩知らずじゃないかい」

「小父さん。お説教ならたくさんですよ」

きッと顔を上げたおふさは生意気な口を叩《たた》いた。妓達はそそくさと昼めしを食べ終えると、内所から出て行った。

「お説教を言うつもりはないよ。おなわちゃんに気に入らないところがあるんなら、ここではっきり言うがいい。わたしが聞いてやる」

「おっ母さんが呑気《のんき》だから、いらいらするんだ」

おふさは独り言のように言った。

「あたしが呑気？　おふさ、何かあたしに足りないところがあったかえ」

おなわは早口に訊いた。

「おおありさ。お父っつぁんには女がいるんだよ」

おふさは眼に涙を浮かべて叫んだ。

三

油堀は傾き掛けた陽《ひ》を受け、水面をきらきらと輝かせていた。岸辺に生えている雑草から草いきれが強く立ち昇っている。今夜もやぶ蚊に悩まされることだろうと、おなわは思う。加茂屋は通りを挟んで油堀が、すぐ目の前にある。年に何度か町内の人々が草取りをするのだが、雑草の繁殖力はそれより勝《まさ》っていた。

雑草の生える所には、やぶ蚊もまた多い。

軒先に蚊柱を眼にすることも珍しくなかった。

そろそろ夜見世の準備をしなければならないと思いながら、おなわの足は油堀の岸辺に止まったままだった。

金三郎が帰ってから、おなわは山本町《やまもとちょう》の湯屋へ行き、ざっと汗を流した。それから通り道にある女髪結いのおちよの家に寄り、髪を撫《な》でつけて貰った。それは、おなわの毎日の習慣だった。

だが、その日は、まっすぐ見世に戻る気になれず、油堀の岸辺へ自然に足が向いた。独りになりたかった。

裾継の「藤《ふじ》よし」は加茂屋と同業の子ども屋である。そこの娘のお蝶《ちょう》は、おふさと同い年で、二人は大のなかよしだった。おふさは度々、藤よしへ遊びに行く。おなわが加茂屋の後添えであることや、おふさが実の娘でないということは、どうやら藤よしの女将の口を通じて、お蝶からおふさに伝わったらしい。おまけに彦蔵に女がいることも。

蟬時雨《せみしぐれ》がかまびすしい。おなわはそっと眼を閉じた。彦蔵の顔と、眼も鼻もわからない女の顔が浮かんだ。商売柄、他人様の色事には、さして驚いたり呆れたりはしない。おなわも彦蔵も色事に倦《う》んでいる……そう思っていたのは、おなわだけだったのかも知れない。二人の閨《ねや》の交わりは、同じ年頃の夫婦より、よほど少ないと感じている。多吉を産んでからは、なおさら。この前、彦蔵と閨を共にしたのは、いつだろう。

思い出そうとしたが、どうしても思い出せなかった。

当たり前に考えれば、彦蔵は、まだ四十の半ばで、女がいらない年でもない。迂闊《うかつ》な自分を、おなわは心底悔やんでいた。

彦蔵は両国広小路《りょうごくひろこうじ》近くの子ども屋へ通っているらしい。おふさは、何も気づいていないおなわに、ずっといらいらしていたのだ。親の商売が子ども屋だから、おふさは並の十三歳の娘達より、おませである。勘も鋭い。これから先、おなわが彦蔵に対してどんな態度に出るのか、興味津々という目つきで見ることだろう。それもおなわには鬱陶《うっとう》しかった。

油堀はおなわが深川に来た頃と少しも変わっていなかった。最初は押上村と同じ大川の向こうにあるので、過ごしやすい所と考えていた。だが、家々が立て込み、風の通り道を塞《ふさ》いでいるような深川の夏は、耐え難かった。

十年以上も暮らして、ようやく夏を何んとか乗り越えられるようになったのは、つまりは慣れだろう。

（へっちゃらさ。こんなこと、慣れっこだい）

久しぶりに自分の決まり文句を呟《つぶや》いてみたが、おなわの気持ちは晴れなかった。

おなわを吉原に売った金で実家の暮らしが立ち直るかと思ったが、それは甘い考えだった。秋の実入りが少なくなれば、父親は酒に溺れ、挙句の果てにおなわのいる扇屋へ無心に来た。それが二度三度と続き、ついに扇屋の主は父親に見世への出入りを禁じた。

仲ノ町《なかちょう》で大暴れした父親の姿を、おなわは二階の窓から息を殺して見つめたことを覚えている。きょうだいは長兄を除いて、皆、押上村を出たらしい。長兄の直吉《なおきち》は時々、おなわの所へ青物を届けてくれる。直吉から父親が中風《ちゅうぶう》を患っていることを知らされた。そのせいで、ずい分おとなしくなったという。父親にはすまないが、これで勝手な言動も止まったと、おなわは、ほっと安心したものだ。

ところがここに来て、どんでん返しを喰ってしまった。おふさの言ったように呑気過ぎたと、おなわは自分を責めていた。額に湧《わ》き出た汗を拭《ぬぐ》うと、おなわは踵《きびす》を返し、のろのろと加茂屋に向かって歩き出した。

暑さで客の足も遠退《とおの》くのか、その夜の客は、ほんの三人だった。おなわは妓達に早仕舞いを命じ、四つ（午後十時頃）には暖簾《のれん》を下ろした。妓達は早寝ができるので嬉しそうだった。

彦蔵が戻って来たのは、暖簾を下ろして、間もなくだった。

「何んだい、今夜は早仕舞いか」

　彦蔵は不服そうに言った。

「この暑さですもの、たまにはゆっくり休ませてやらなきゃ、皆《み》んなの身体《からだ》が参ってしまいますよ」

　おなわの言葉に彦蔵は返事をしなかった。

　子供達も床に就《つ》き、おなわは着替えをした彦蔵に茶を淹《い》れた。久しぶりに夫婦二人だけの時間が訪れていた。

「お前に、折り入って話があるんだが」

　彦蔵は、その機会を待っていたかのように口を開いた。

「何んでございましょう」

　そら来た、とおなわは身構えた。

「ちょいと金が要る。二十両ばかり都合してくれないか」

「二十両も……何に遣うお金でござんすか」

「訳は訊かないでくれ。昔、世話になった人が病に倒れたんだ。知らん顔もできなくてね」

「女の人ですか」

そう訊くと、彦蔵は黙った。都合の悪いことには、だんまりを決め込む性分である。

「おふさの様子がおかしいのは、あたしが本当の母親じゃないとわかったせいだけじゃありませんよ。お前さんにいい女《ひと》がいるらしいと知ったからですよ」

「いい女だなどと……そんなんじゃないよ」

彦蔵は苦笑して鼻を鳴らした。

「だって、その人、両国広小路の子ども屋にいるのでしょう?」

「そこまでわかっているのか」

彦蔵は驚いておなわを見た。

「あたしは不承知ですよ。お金は出せません。うちはよそより良心的な商売をしている見世だ。良心的ってことは、つまりは、それほど実入りがよくないってことなんですよ」

「わかっている」

彦蔵は渋々応えた。

「それほどお金がいるのでしたら、妓達に、もっときわどいことをさせるしかありませんね」

おなわは脅すように言う。

「手前《てめ》ェの身内に金がいる時は、頼む頼むと猫撫で声で言うくせに、わたしのことになると鬼のような面《つら》で詰《なじ》るのかい。お前は勝手な女だ」

彦蔵は声を荒らげた。実家の母親のことを言っていた。

「だって、実の母親が病と聞けば、放って置くことはできないでしょうに。あたしはお前さんのふた親を看取《みと》った。だから、実の母親にもできるだけのことはしてやりたいんですよ」

母親が病に倒れたことも直吉から知らされた。去年のことだった。青物を届けに来た直吉に、おなわは薬代を持たせた。

押上村の家は両親と直吉、直吉の女房、二人の間にできた五人の子供達が一緒に住んでいる。直吉は相変わらずの小作だ。母親の薬代まで出せる余裕はなかった。母親は薬のお蔭《かげ》で、どうやら草取りぐらいはできるまで回復していた。

「お前には内緒にしていたが、兄貴はここへ青物を届けるついでに何度かわたしに無心していたのだよ。わたしは黙って工面してやったよ。何んだ、お前の家は。人の懐を当てにしやがって」

彦蔵は破れかぶれの悪態をついた。

「申し訳ありません」

おなわは消え入りそうな声で謝った。父親が鳴りを鎮《しず》めたと思ったら、今度は兄かと情けない思いがした。

「それでいて、兄貴はわたしのことを、まともな商売をしている男じゃないと親戚《しんせき》に触れ廻《まわ》っているらしい。全くおかしな兄貴だ。いっそ、縁を切りたいものだ」

「今度兄さんが無心したら、断って下さいな。あたしは実家のために充分にやって来ました。これ以上はできません」

悔しさで涙が込み上げた。彦蔵は言い過ぎたと思ったようで、それ以上は何も言わず寝間に引き上げた。

だが、翌朝、彦蔵がそそくさと出かけた後で、内所の金がなくなっていた。

四

金三郎は翌日も加茂屋を訪れた。午前中のことで、妓達は湯屋に行ったり、化粧をしたり昼見世の準備に余念がなかった。

「彦蔵はいないのかい」

金三郎は姿の見えない彦蔵を気にした。

「ええ。朝早く出かけましたよ。小父さん、ゆうべ、うちの人、白状しましたよ」

おなわは声をひそめて言った。

「そうかい……で、相手の名前も明かしたのかい」

「いいえ、そこまでは。昔、お世話になった人が病に倒れたそうで、お金が要ると言ってました」

「出したのかい」

金三郎は妓達を気にしながら訊く。

「あたしは、出すつもりはなかったんですが、うちの人が出かけた後で銭箱を覗《のぞ》いたら……」

「やられていた」

「ええ」

「わたしも気になったから、あちこち訊いてみたんだよ」

「それで何かわかりました？」

おなわは、つっと膝《ひざ》を進めた。

「これがねえ、本当は、おなわちゃんに聞かせたくない話なんだが……」

金三郎は言い難《にく》そうに言葉を濁した。

「何んでも言って下さいな。あたし、大丈夫ですから」

おなわは気丈に言ったが、身体は震えた。

「彦蔵の前の女房らしいのだよ」

「……」

「前の女房は言い交わした男と逃げたが、その後は、あまりいいことはなかったようだ。その男とも別れ、結局はあっちこっちの見世を渡り歩き、両国広小路の見世で病に倒れたんだよ。労咳《ろうがい》だそうで、あまり長くは生きられないらしい。それで、彦蔵に繋ぎをつけてくれるよう、見世の若い者に頼んだんだ」

「そうだったんですか。ちっとも気づきませんでした。おふさは何も彼《か》も知っているんですね」

「いいや、昨日の話しぶりじゃ、そう詳しいことまで知っているふうはなかった。親父に女がいるらしいということだけだろう。おなわちゃんが、それとなくおふさ坊に訊いてみたらどうだね」

「あたしは訊けませんよ」

「だが、先行き短いとなったら、彦蔵は親子の対面をさせようと考えているかも知れないよ」

金三郎の言葉がおなわの胸をえぐった。

「その見世は何んという名前ですか」

おなわは平然とした表情を取り繕って訊いた。

「うん。両国広小路の米沢町《よねざわちよう》寄りにある『山吹屋《やまぶきや》』という見世だそうだ」

「小父さん。よく教えて下さいました。もしもおふさが実の母親に会いたいと言うなら、あたしは会わせてやりますよ」

おなわは決心して言った。

「そうかい……」

金三郎は納得したような、そうでないような表情で肯《うなず》き、それから妓達の間に入って、いつものように与太話を始めた。

おふさは芳蔵と多吉を伴って昼前には戻って来た。手習所は午前中で終わり、明日からは盆休みに入る。

三人とも清々《せいせい》したような顔をして昼めしを食べていた。芳蔵と多吉が外へ遊びに行くと、おなわはおふさを近所の汁粉屋に誘った。

山本町の路地に、ひっそりと店を出している甘味処「ぼたん」は妓達の贔屓《ひいき》が多い。

おふさもお蝶と一緒に時々訪れるようだ。

ぼたんは掃除がゆき届き、清潔な店だった。年寄り夫婦だけでやっている店である。

おふさは、今日は甘いものの顔を見たくないと言って、酢醤油《すじょうゆ》で食べるところてんを注文した。おなわも同じものを頼んだ。からしと青海苔《あおのり》がついたところてんを掻き回すおふさは仏頂面だった。

「何よ、話って。あたい、お蝶ちゃんと八幡《はちまん》様へ行く約束をしているのよ」

おなわに連れ出されて迷惑だという表情である。深川八幡の境内には見世物小屋が出ていた。

「お父っつぁんのことだけどね……」

おなわは、ところてんには手をつけずに口を開いた。

「お前はお父っつぁんに女がいると言っていたけど、そうじゃないんだよ」

そう言うと、おふさは返事の代わりに、ずるりと、ところてんを啜《すす》った。

「お父っつぁんが、昔、お世話になった人が病に倒れたから、それでお父っつぁんが世話をしているだけだよ」

「でも、子ども屋の妓でしょう？」

「それはそうだけど……」

「おっ母さんは、うまくごまかされているだけだよ」

「違うんだよ。その人は……」

そこまで言って、おなわは言葉に詰まった。

やはり言えなかった。

「まさか、あたいの実のおっ母さんという訳でもないだろ？」

おふさは何気なく訊く。おなわはごくりと唾《つば》を飲み込んだ。

「そうだったら了簡してくれるかえ」

おなわは訊き返した。

「つがもねェ」

見世の妓達の口真似《まね》で蓮《はす》っ葉《ぱ》に吐き捨てる。

おなわは短い吐息をついた。こんなことでは埒《らち》が明かない。おふさは黙ってところてんを啜る。だが、途中から一緒に洟《はな》を啜り出した。

「おっ母さんは、すこぶるつきのお人好《ひとよ》しだ。それでよく加茂屋の女将が勤まるよ。どうしてお父っつぁんを止めないのさ」

曖昧《あいまい》に話をしただけなのに、おふさは、やはり勘が鋭い。すっかり事情を呑《の》み込んでいた。

「だって、病なら仕方がないだろうに」

「知るもんか。生まれたばかりのあたいを捨てて駆け落ちするような女に情けは無用だ。自業自得じゃないか」

おふさは言いながら、大粒の涙をこぼした。

「悪態をつくなら、どうして泣くのだえ」

「泣いてないよ。からしが効いただけだ」

おふさの声が大きかったので、ぼたんの女房がこちらを向いた。

「おや、お嬢さんにはからしが多過ぎましたかねえ。お爺《じい》さん、気をつけておくれよ。可愛《かわい》いお嬢さんを泣かせてしまいましたよ」

年寄りの女房は板場の亭主を叱《しか》った。

「勘弁しておくれよう」

間延びした塩辛声《しおからごえ》が聞こえた。

「いえいえ、大丈夫ですから、ご心配なく」

おなわは慌てて夫婦をいなした。

「それでどうする？　会いに行く？　お前にその気があるのなら、お父っつぁんに言っておくから」

おなわは気を取り直しておふさに言った。

「あたい……」

「うん。何んだえ」

「こんなおっ母さん、だいっ嫌い！」

おふさはそう言うと、店の外に飛び出して行った。後に残されたおなわは、しばらく通りを眺めていたが、やがてところてんの入った小丼を引き寄せ、ため息をつきながら啜った。

五

陰暦七月十五日は盂蘭盆《うらぼん》である。この日、各寺院では盂蘭盆会《え》が営まれる。人々は十三日に家の門口や墓などで迎え火を焚《た》き、精霊棚《しょうりょうだな》に供え物をして先祖の霊を迎える。

十三日は加茂屋も見世を休みにし、家族とともに菩提寺《ぼだいじ》である深川の浄心寺《じょうしんじ》に墓参りしたり、彦蔵の親戚や金三郎の家に塩鯛《しおだい》を届けたりするのが、おなわの恒例である。しかし、今年の墓参りは、おなわと息子二人だけで、ひっそりと行なわれた。彦蔵はおふさを連れて山吹屋に出かけた。山吹屋にいる彦蔵の先妻のおみよに、おふさを会わせるためだった。

浄心寺は墓参りをする人々で混雑していた。

「ささ、二人とも、ご先祖様にお参りなさい。病気や怪我《けが》をせず、元気にしていられるのは、皆、ご先祖様がお守りして下さるからですよ」

おなわは蠟燭《ろうそく》を灯《とも》し、線香を立てると息子達を墓の前に促《うなが》した。

「南無妙法蓮華経《なむみようほうれんげきよう》、南無妙法蓮華経」

二人は掌《て》を合わせ、殊勝に念仏を唱えた。

おなわも息子達の脇《わき》にしゃがみ、そっと掌を合わせた。家内安全、商売繁昌《はんじよう》とともに、おふさが無事に実の母親と対面できることを祈った。その日も朝から陽射しが強かった。

息子達は鼻の頭に芥子粒のような汗を浮かべていた。

長男の芳蔵は十歳、多吉は八歳になる。

「ここにおいらの爺婆《じじばば》と、そのまた爺婆が眠っているんだな」

芳蔵は先祖代々の墓を、しみじみ見つめて言う。

「ああ、そうだよ」

「昔からおいらの家は亡八《ぼうはち》をしていたのか?」

芳蔵は彦蔵が傍《そば》にいないから、そんなことを訊いたのだろう。亡八とは仁・義・礼・

智・信・忠・孝・悌《てい》の八徳を失った者という意味で、主に遊女屋や、その主を指す。

芳蔵はおっとりした少年だが、子ども屋の息子として育ったので、この世界の言葉は自然に覚えている。目許《めもと》はおなわに似ていると言われる。

「昔々は青物屋をしていたそうだよ」

彦蔵の曽《そう》祖父が青物屋をして財をなし、それを元手に子ども屋を始めたということだった。

「ふうん、青物屋か。そいつはいいな」

芳蔵は嬉しそうに言う。

「お前、お父っつぁんの跡を継いで加茂屋をやるのかえ」

おなわは試しに訊いた。

「んなこと、わかんねェよ。ただ、時々、堅気の商売をしている家はいいなと思うけどよ」

「そうだねえ、堅気の商売をしている家はいいよね」

おなわも素直に相槌《あいづち》を打った。

「堅気の商売じゃ、銭はさほど儲《もう》からねェだろうが」

次男の多吉が口を挟んだ。多吉は兄と違って、やんちゃで人懐っこい性格だった。

丸い眼は彦蔵似と言うより、亡き姑とそっくりだった。

「そんなことはないよ。堅気でも大店《おおだな》を張っている所は幾つもあるよ」

おなわは多吉に笑いながら応えた。

「押上村の伯父《おじ》さんは百姓をしているから堅気だろ？」

「まあね」

「年中、銭が足りなくて困っているじゃねェか」

多吉の容赦のない言葉がおなわの胸を塞いだ。

「よせ、多吉。押上村の伯父さんはおっ母さんの兄さんだ。兄さんのことを悪く言ったら、おっ母さんが辛《つれ》ェだろうが」

芳蔵はすぐに多吉を窘めた。

「あ、そうだね。ごめん、ごめん、おっ母さん」

多吉はあっさりと謝る。

「いいんだよ。多吉の言う通りなんだから」

「姉ちゃん、今頃どうしているかなあ。ゆんべ、お父っつぁんと一緒に行きたくないと、おいら達に言っていたからよ」

芳蔵は、ふと思い出したように言った。

「だって、実のおっ母さんが病なら仕方がないじゃないか」

おなわはため息交じりに言う。

「おっ母さん。おいらはおっ母さんの実の子かい」

多吉は唐突に訊いた。おふさのことがあるから心配になったらしい。

「さあ、どうかしら。こんな言うことを聞かない子を、おっ母さんは産んだかしらねえ」

そう言うと多吉は真顔になり「お浦がよ、多吉の本当の母親はあたしなんだよって言ったことがあるんだ。うそだろ?」と、言う。

お浦は多吉をからかって、そう言ったのだろう。くすりと笑いが込み上げた。

「それが本当だったらどうする?」

おなわは悪戯《いたずら》っぽく訊く。

「い、いやだよ。おっ母さんはおっ母さんでなきゃ」

多吉は声を張り上げた。芳蔵が多吉の肩に自分の腕を回し「心配すんな。多吉のおっ母さんが他にいるもんか」と、安心させるように言った。

「兄ちゃんは優しいねえ」

おなわは弟思いの芳蔵に感心した。

「おいら達はいいけど、姉ちゃんは可哀想《かわいそう》だよ」

芳蔵は独り言のように呟《つぶや》く。

「おっ母さんね、姉ちゃんに大嫌いと言われちまったんだよ」

「どうしてさ」

芳蔵は怪訝な眼でおなわを見た。

「実のおっ母さんに会いに行くかえって訊いただけなのに」

そう応えると、芳蔵は多吉と顔を見合わせた。

「姉ちゃん、おっ母さんに会いに行かなくてもいいよって言ってほしかったんだな」

芳蔵が言うと、多吉も「そうだ、そうだ」と言い添える。

「姉ちゃんの年頃は難しいねえ」

おなわはそう言って、また墓の前で掌を合わせた。


墓参りを終えて加茂屋に戻ると、金三郎が来ていた。金三郎は赤飯と煮しめの入った重箱を携えていた。見世の妓達は、お浦の他は、皆、外に出ていた。久しぶりの休みなので、羽を伸ばしているようだ。

「お浦ちゃん、留守番させてすまなかったねえ。うちの人はまだかえ」

おなわは金三郎に重箱の礼を述べると、お浦に訊いた。

「ええ。まだ戻って来ませんよ。どうしたんだろうねえ」

お浦も彦蔵とおふさのことで気を揉《も》んでいたようだ。

「今、お浦から話を聞いたが、彦蔵の奴《やつ》、おふさ坊を連れて山吹屋に行ったんだって？」

お浦が気を利かせて酒を出したので、金三郎は、ほんのりと赤らんだ顔をしていた。

「ええ、そうなんですよ。お浦ちゃん、せっかくだから、小父さんにいただいた赤飯とお煮しめをご馳走《ちそう》になりましょうよ」

「でも、お父っつぁんもお嬢さんもまだだし……」

「いいんだよ。あの二人は向こうで何か食べているはずだから。芳蔵、多吉。手を洗って、こっちにおいで。赤のまんまだよ」

おなわは絵本を読んでいる二人に言った。

お浦はかいがいしく茶碗《ちゃわん》に赤飯をよそい、皿に煮しめをのせて二人の給仕をしてくれた。

「お浦、お前ェ、おいらにうそを言ったな」

多吉は上目遣いでお浦を見た。

「何んのことだえ」

「お前ェ、おいらの実のおっ母さんだと言ったろうが」

「そうですよ」

お浦はしゃらりと応える。多吉は泣きそうな顔で「後生だから、うそだと言ってくんな。おいら、切ねェんだ」と叫んだ。

「こら、お浦。からかうんじゃない。おふさ坊のことがあるから、多吉だって穏やかな心持ちじゃないんだぞ」

金三郎がそう言うと、お浦は、はっとした表情になり「そうだったねえ。多吉、堪忍しておくれね」と謝った。

「ああ、ほっとした」

多吉が心底、安堵《あんど》したという顔で言ったので、そこにいた者は、皆、声を上げて笑った。

だが、その夜、彦蔵とおふさは加茂屋に戻って来なかった。

六

いったい、何があったのだろう。まさか、親子の対面を果たして、彦蔵は三人でやり直そうと考えているのではないだろうか。

いやだ、いやだと言っていたおふさも、おみよの顔を見て、途端に気持ちが変わったのかも知れない。様々なことを考えて、おなわは、ひと晩中、眠れなかった。今か今かと待ちわびる時間は、長く辛かった。商売をしていれば夜が明けるのは驚くほど早いというのに。

外が白々と明けると、おなわはたまらず外へ出た。二人が両国広小路から戻って来るとしたら油堀の方向だろう。そう当たりをつけると、おなわは迷わず通りに出た。朝靄《あさもや》が立ち込めている通りには、早くも物売りが触《ふ》れ声を響かせている。油堀にも行き交う舟が浮かんでいた。しかし、彦蔵とおふさの姿は見えなかった。

おなわは油堀の岸辺に近づいた。雑草は夜露を含んで湿っている。岸辺でしゃがみ、水の面を見つめると、重い気持ちは少し晴れるような気がした。日中はまた暑くなりそうだが、さすがに朝はひんやりとしている。おなわは深く息を吸った。

たとい、この先、何が起ころうとも、今だけは加茂屋の女将のままでいられる。今だけは昨日と同じ自分でいられる。この朝の油堀を忘れまい。もしかして、倖せな自分の最後の景色かも知れない。おなわはそう考えるほど追い詰められていた。

「おっ母さん！」

甲高い声がした。振り向くとおふさが彦蔵と一緒に、こちらを見ていた。

「何してるのよ。まさか、妙なことを考えていたんじゃないだろうね」

おふさは、おなわが身投げでもするのかと思ったらしい。

（馬鹿をお言いでないよ。あんた達のことが心配で、ここで待っていたんだよ）

おなわはそう言いたかった。だが、言葉に詰まり、おなわは咽《むせ》んでいた。おふさは雑草を踏みしめてやって来た。その後から彦蔵が続く。

「心配掛けてごめんよ。向こうのおっ母さん、昨夜四つ頃に死んだんだよ。あたいの顔を見て安心したみたいだった」

おふさはおなわの手を取って言った。

「大変でしたね」

おなわは彦蔵の顔を見て労をねぎらった。

「ああ。お前が待っているだろうと気にはなったんだが、何んだか、ばたばたしちまってねえ。その内に夜が明けちまったよ」

彦蔵は何気ない表情で応えたが、眼は赤くなっていた。

「それで後のことはどうなるんですか」

「山吹屋の旦那がうまくやってくれるだろう。今夜、もう一度、向こうに顔を出すっもりだ」

「おみよさんの檀那寺《だんなでら》はどこですか」

「そいつァ……」

つかの間、彦蔵は言葉に窮した。

「向こうのおっ母さんの墓なんてないんだよ。投げ込み寺に葬られるのさ」

おふさは、ぶっきらぼうに言う。引き取り手のない亡骸《なきがら》は三ノ輪《みわ》の浄閑寺《じょうかんじ》に運ばれる。吉原で死んだ遊女も、そこに運ばれることが多かった。浄閑寺は投げ込み寺と呼ばれていた。

「そんな。おみよさんはおふさの実のおっ母さんなのに」

おなわは洟を啜って言った。

「だったら、どうしろと言うんだ」

彦蔵は声を荒らげた。「お父っつぁん」と、おふさがそっと彦蔵を制した。

「浄心寺のお墓に入れたらどうですか。そうしたら、おふさもお墓参りができますから」

おなわは二人の気持ちを考えて言った。

「しかし、そういう訳には……」

彦蔵の声音は途端に弱くなる。

「あたしは構いませんよ。おふさも、その方がいいだろ?」

「いいの?」

おふさは上目遣いで訊く。

「ああ」

「おっ母さんがそう言ってくれるんだから、お父っつぁん、そうしなよ」

おふさが言うと、彦蔵は返事をせずに深い吐息をついた。

「人騒がせな女だったが、盆の最中にあの世へ逝《い》くなんざ、あれで存外、後生がいいのかも知れないな」

彦蔵は油堀を眺めながら呟いた。

「ええ。あたしもあやかりたいですよ」

おなわがそう言うと、彦蔵はまじまじとおなわの顔を見つめ「色々、すまなかった」と頭を下げた。

「いやですよ。女房に礼を言う亭主がおりますか」

おなわは泣き笑いの顔で応えた。

「向こうのおっ母さんね、あたいに許しておくれって、何度も言ったんだよ。何か悪いことが起きれば、子を捨てた罰だと思っていたんだって」

おふさは遠い眼をして言った。

「そうかえ。やっぱり母親だねえ」

「あたい、一生許してやるもんかと決めていたけど、あの人の顔を見たら、何も言えなかったよ。お父っつぁんだって、きっと同じ気持ちだったと思うよ」

「ああ。勝手な女だ、今さら何んだと思いながら、哀れなあいつの顔を見たら、最期を看取ってやりたいと思った。お人好しだと、また、よその見世は呆れるだろうが」

彦蔵は薄く笑う。

「うちのおっ母さんより幾つも年下なのに、病のせいで四十を過ぎてるように見えたよ。可哀想だった」

おふさもしんみりと言った。

「おみよさん、最期は倖せだったと思いますよ。二人とも、よいことをしましたね」

「お父っつぁんがお人好しなら、おっ母さんもご同様だ。ああ、腹減った。おっ母さん、何か食べる物ある？」

「田代屋の小父さんがお赤飯とお煮しめを持って来て下さいましたよ。この暑さだから、饐《す》えていなけりゃいいけど」

「ひと晩ぐらいは大丈夫さ。さ、お父っつぁん、帰ろ」

「ああ」

おふさは先頭に立って歩き出す。おみよの死がこたえているはずなのに、おふさは、やけにさばさばしていた。

三人が話をしている間に、辺りはすっかり明るくなり、眩《まぶ》しい陽射しが降ってきた。盆休みを貰った客は、いそいそと加茂屋の暖簾を掻き分けるだろう。忙しくなりそうだ。いやな商売と思っても、当分、やめることはできない。

「芳蔵がね、堅気の商売をしたいそうですよ」

おなわは歩きながら彦蔵に教えた。

「へえ、そうかい。その内に、この商売を畳んで旅籠《はたご》でもやるか」

彦蔵は本気とも冗談ともつかない口調で応える。

「この近所で旅籠なんてしても泊りに来る客なんているもんか。ふん、すぐに元の木《もく》阿《あ》弥《み》さ」

おふさは生意気な口を叩く。

「それもそうだなあ」

彦蔵は素直に認める。

「いやですよ、二人とも。先のことを考えても仕方がないじゃないか。いつどうなるかはお天道様《てんと》でもご存じないご時世ですからね」

おなわは朗らかに言った。芳蔵が堅気の商売をしたいなら、そうさせてやりたい。だが、今の自分は加茂屋の暖簾を守るだけだ。何があっても「へっちゃらさ。こんなこと、慣れっこだい」と強気でいれば、やって行けるような気がした。

「ねえ、おっ母さん。どうしてうちの見世の周りを裾継って言うの？」

おふさは、ふと思い出したように訊いた。

「昔々のお武家様の衣裳で表袴というのがあって、その袴の裾から七寸五分ほどのところにある縫い目が裾継なんだそうだよ。どうしてそれが、この辺りの地名になったのか、実はおっ母さんも不思議に思っていたんだよ」

おなわがそう言うと、彦蔵は鼻を鳴らして苦笑した。

「誰がそんなことを言ったんだ？」

「誰って、あたしがここへ嫁入りした時に聞いたんですよ。お舅《と》っつぁんだったかしら」

「親父がそんなことを言うもんか。いいか、裾継はな、表櫓と裏櫓とともに三櫓と呼ばれているじゃないか」

「つまり、表と裏を繋ぐ場所だから裾継なんだよ。衣裳からきたものだが、そいつは侍の袴じゃないよ。着物の裏の裾に布を当てて継ぎ合わせたもののことを指すのさ」

「裾が擦り切れるのを防ぐための裾継なんだね」

おふさは納得したように言う。

「そうだよ」

彦蔵は大きく肯いた。表櫓と裏櫓を繋ぐ意味の裾継は、まるで何かの象徴のようにも、おなわには思えた。いや、おなわはわかっていた。裾の補強に当てられた布は、おなわ自身であると。おみよが去って行った不足を補うのが、おなわの役目だったからだ。そう考えると、裾継という場所におなわがやって来たことの意味が腑《ふ》に落ちる。

だが、おなわは、それを二人には言わなかった。

久しぶりに亭主と娘のにこやかな表情を見ながら、おなわは満たされた気持ちで見世に向かって歩みを進めた。

家々の前におがらが焚かれた。送り火である。精霊棚に供えられた茄子《なす》や瓜《うり》は川に流される。孟蘭盆はあっという間に過ぎる。

おなわは格別な思いで送り火を眺めた。

おみよの亡骸は浄心寺に運ばれた。彦蔵のほっとしたような顔を見て、おなわもこれでよかったのだと思った。

また明日から、いつもの日々に戻る。

「よう、そこの旦那。ちょいとお寄りよ。ちょい、ちょい……もう、しみったれ！」

最後は悪態になる妓の客引きの声、どこからか流れる三味線の音、端唄《はうた》、めりやす、河東節《かとうぶし》、男の胴間声《どうまごえ》、皿小鉢が引っ繰り返る騒々しい音、赤い提灯《ちょうちん》、翻《ひるがえ》る見世の暖簾、行き交う客の下駄《げた》や草履の音……永代寺《えいたいじ》門前山本町の裾継の夜は、そうして更けてゆく。

おはぐろとんぼ

稲荷堀

一

仕事を終え、おせんが住まいにしている家に戻ったのは四つ半（午後十一時頃）を過ぎていた。奉公している見世《みせ》と自分の家とは一町も離れていない。どちらも日本橋小網町《こあみちょう》の内だ。だから、帰りが遅くなってもおせんは、さして苦にならなかった。おせんは小網町三丁目の「末広《すえひろ》」という料理茶屋に通いで奉公している。お運びの女中ではない。おせんは料理人達と一緒に板場で料理を作っていた。

料理茶屋の板場には板前、煮方、焼き方、洗い方、追い回しと、多くの者が働いている。

板前とは、文字通りまな板の前に座っている者のことで、板場の料理の全責任を負う。ために「本板《ほんいた》」とも「真《しん》」とも呼ばれることがある。板前には脇板《わきいた》と言って、板前の補佐をする者がつく。実力的には板前と同等で、煮方や焼き方の差配をする。

煮方は煮炊《た》き専門の料理人で、およそ十五年の修業をした者が任される。ようやく一人前の料理人と認められるのは、この煮方になってからだ。煮方には煮方脇がつく。煮方脇は煮切りみりんなど、煮物に必要な調味料の下ごしらえをする。

煮方の下に焼き方がいる。焼き方にも焼き方控えという補佐役がつくが、焼き方控えには修業中の者をつけるのがもっぱらだった。

それから洗い方がいる。洗い方には材料の仕込みをする立洗《たち》い方と、皿小鉢を洗う下洗い方がいた。そして最後に追い回しである。

見世の使い走り、板場の掃除、買い出しの荷物持ちと、仕事に追い回される。見世によっては「下地《したじ》っ子」「ぽんた」とも呼ばれた。

この他《ほか》に、客の世話や料理を運ぶ仲居《なかい》達がいて、末広は奉公人だけでも二十人近くいる。

おせんの立場はまことに微妙で、煮方脇とも焼き方控えとも、洗い方とも言える。おせんは主に、客へ最初に出す突き出し（前菜）を作っていた。料理人としても一人前なのだが、この江戸では女の料理人を認めない風潮があった。

おせんは表向き、末広のただの奉公人に過ぎなかった。

立ちっ放しで仕事をしているので、家に戻ったおせんの足はむくんでいた。おせんは両足を伸ばし、ふくらはぎを両手で揉《も》んだ。按摩《あんま》を呼んで、足ばかりでなく身体《からだ》全体を揉みほぐして貰《もら》いたいと思ったが、その夜に限って出入りの按摩の笛も聞こえない。

おせんは仕方なく火鉢の灰を掻《か》き立て、茶の用意を始めた。寝しなに茶を飲むと眠れなくなるのだが、仕事を終えた区切りに茶の一杯も飲まなければ気が休まらない。寝酒はおせんの性に合わなかった。

鉄瓶《てつびん》の湯が沸く間、おせんは整然と片づいている台所に眼を向けた。料理道具はすべて揃《そろ》っている。九年前に死んだ父親が、おせんのために用意したものだ。その気になれば見世と同様の料理も家で作れた。修業中の頃は見世の仕事を終えて帰って来ると、すぐさま習い覚えた料理をおさらいしたものだ。一生懸命だったあの頃が懐かしい。今は自分の空腹を満たすだけの簡単なものしか作らない。おさらいする必要がないほど腕を上げたとも言えるが、それだけではなかった。おせんの作ったものを食べてくれる相手がいないせいもあったろう。

うまいと言ってくれる者がいなければ、料理をする甲斐《かい》がない。おせんはそう思っている。

おせんは八つの時から末広の板前をしていた父親の長蔵《ちょうぞう》に料理を仕込まれた。母親が二つ下の妹を連れて家を出て行ってから、おせんは父親と二人暮らしだった。今住んでいる平家《ひらや》は、長蔵がなけなしの金をはたいて買ったものである。おせんは手習所《どころ》の稽古《けいこ》が終わると、その足で末広に向かい、長蔵の働いている板場で過ごした。長蔵が家に戻るまで、じっと留守番していられなかったのだ。見世の裏口から板場に入り、隅に置いてあった醬油樽《しょうゆだる》に座り、長蔵や他の料理人達の働く様子を眺めた。活気のある板場は、ただ眺めているだけでもおせんにはおもしろかった。

末広の主《あるじ》とお内儀《かみ》は、最初の内こそ見て見ないふりをしていたが、おせんが夜遅くなっていねむりをしているのを見ると、家に帰して寝かせた方がいいと長蔵に言った。暗に板場へ子供を入れるなと言っていた。

普段は温厚な長蔵が、その時だけ語気荒く二人に喰《く》って掛かった。

「そんなことは先刻承知之助《せんこくしょうちのすけ》でさァ。だが、家にゃ嬶《かか》ァがいる訳じゃなし、一人でいろというのは無理な話ですぜ。それとも、五つ（午後八時頃）で早引けさせていただけるんですかい。そうは行かねェでしょう。板場にいる娘が目障りなら、仕方ありやせん。見世はやめさせていただきやす。なあに、一膳《いちぜん》めし屋でもどこでも、その気になりゃ、仕事にありつけますって」

末広の主とお内儀は、ぐうの音《ね》も出なかった。当時、末広は見世を出したばかりで料理人の数も少なかった。ほとんど長蔵が一人で板場を取り仕切っていたようなものだ。江戸湾で獲《と》れる魚を食べさせる末広は開店して間もなくから評判が高かった。江戸で一、二を争う山谷《さんや》の「八百善《やおぜん》」で修業した長蔵の経験が生かされていたからだ。おせんは板場に入ることを大目に見られたが、長蔵は主とお内儀の眼を気にして、おせんに芋の皮むきをさせるようになった。少しでも見世の役に立っていると思わせたかったのだろう。

里芋はぬめりがあるので、皮むきとはいえ、子供のおせんには難しかった。長蔵は塩を使ってぬめりを取る方法を教えてくれた。粗末にやって皮が残ると、料理の仕上がりに影響するとも言った。長蔵は叱《しか》るのではなく、理詰めで教えたから、おせんはよく呑《の》み込むことができた。三年も皮むきを続けると、末広の料理人の誰よりも早く、きれいに皮むきができるようになった。

その頃になると、お内儀のおきんは、おせんにも見世の白いお仕着《しき》せを誂《あつら》えてくれた。

おせんは、いずれ長蔵の跡を継いで料理人になろうと決心していた。

だが、女の料理人は客に敬遠されることも知った。板場では魚に手を触れることさえ禁じられた。お造《つく》りなどは夢のまた夢である。

おなごの拵《こしら》えたお造りなんざ、化粧臭くて喰えるものではないと、あからさまに言う料理人もいた。おせんは化粧など、これっぽっちもしていなかったのに。

多分、化粧臭いというのは表向きの理由で、本当は月の障りの手当てをするその手が、食べ物に触れることを嫌ったものかとも思う。

男達の中には厠《かわや》に行っても、ろくに手を洗わない者がいた。おせんは内心で理不尽な思いを味わっていたが、世の中がそうしたものである以上、黙って従うしかなかった。

おせんは板場の隅で、こんにゃくの白和《しらあ》えだの、胡麻《ごま》豆腐だの、そら豆の茹《ゆ》でたのを、ひっそりと作っている。

おせんの作る突き出しを楽しみにする客もいたが、主の茂平《もへい》とおきんは、それがおせんの料理したものだとは客に明かさなかった。

長蔵は家に帰ると、おせんの不満を取り払うようにお造りをやらせてくれた。魚河岸《うおがし》によいひらめなどが入った時、長蔵は自腹でそれを買っていたのだ。

おせんは長蔵に教えられた通り、ひらめを五枚に下ろし、皮をはぎ、刺身包丁で薄くそぐ。エンガワも大事だから丁寧に外《はず》す。中骨と頭とアラは吸い物にする。

そうしてでき上がったお造りと吸い物で長蔵は機嫌よく一合の酒を飲んだ。父と娘のささやかな酒宴だった。

あの時は滅法界もなく倖《しあわ》せだったとおせんは思う。母親がいない寂しさも忘れられた。

長蔵が板場で倒れたのは、おせんが十六の春だった。ひらめを捌《さば》いていた途中で胸を押さえて蹲《うずくま》ったのだ。おせんは追い回しに命じて長蔵を見世の内所《ないしょ》（経営者の居室）に運ばせると、長蔵のやり掛けていたひらめを下ろした。その時、板場の流儀は忘れていた。おせんは客に迷惑を掛けられないと、夢中だったのだ。

他の料理人達は不思議に文句を言わなかった。おせんの手捌きが長蔵と寸分の狂いもなかったせいだろう。

医者は長蔵の心《しん》ノ臓《ぞう》が相当に弱っていて、手当てをしても助かるかどうかと、心細いことを言った。おせんは必死で長蔵の看病をしたが、長蔵は明け方、呆気《あっけ》なく息を引き取ってしまった。

長蔵の弔《とむら》いには母親も妹も来なかった。茂平とおきん、見世の料理人達と近所の人々だけの寂しい弔いだった。

長蔵が亡くなったら、自分は末広に留《とど》まるのは難しいだろうと、おせんは思っていた。

長蔵がいたからこそ自分は働けたのだ。この先は煮売り屋でもして食べて行くしかないと心に決めていた。

意外にも、長蔵の初七日が過ぎると、茂平は今まで通り、見世で働いてほしいと言った。茂平はおせんの腕を買ってくれたのだった。

それからずっと、おせんは嫁にも行かず、末広の板場で働いてきた。気がつけばおせんは二十五にもなっている。おきんはおせんを心配して、あれこれと縁談を勧めたが、その気にはなれなかった。

弟のような追い回しが煮方に直っても、おせんは相変わらず格付けのない料理人のままだった。おせんは少し寂しい思いをすることもあったが、料理を作っている時は、余計なことを考えずに済んだ。客がうまいと感歎《かんたん》の声を上げる料理が作れるだけで、おせんは満足だった。

二

板前の鯛六《たいろく》が急に見世に来なくなった。花見の季節が終わり、江戸が夏めいてきた頃だった。

鯛六はおせんより五つ上で、追い回しの時から長蔵が目を掛けていた男だった。その通り、鯛六は長蔵が亡くなってから、ぐんぐん腕を上げ、昨年から兄弟子を差し置いて板前を張っていたのだ。その鯛六が無断で休むとは解せない。鯛六は板前になった時から通いになっている。熱でも出して床に臥《ふ》せっているのではないかと心配した仲居が様子を見に行くと、塒《ねぐら》にしていた裏店《うらだな》はもぬけの殻《から》で、鯛六はどこかへ引っ越しして行方がわからなかった。前日まで普段通りに仕事をしていたので、茂平もおきんも、いや、おせんや他の料理人達も鯛六に何が起きたのか見当がつかなかった。しばらくすると室町《むろまち》の料理茶屋にいるという噂《うわさ》が流れてきた。どうやら、金を積まれて引き抜かれたらしい。

おきんの怒りは相当なものだった。ひと言の断りもなく見世をやめるとは礼儀知らずだと、口から泡を飛ばす勢いで鯛六の悪口を並べ立てた。おきんの怒りにさらに油を注いだのは、末広自慢の料理を鯛六が新しい見世で平気な顔で出していることだった。しかも、鯛六は末広の客も抜け目なくさらって行ったのだった。

このままでは末広の先行きが不安だ。茂平は鯛六の代わりに大坂から下って来た板前を雇うことにするという。

上方の料理など江戸の人々の口には合わない。おせんは反対したが、茂平とおきんがすっかりその気でいたので、おせんの意見は通らなかった。

末広にやって来たのは銀助《ぎんすけ》という三十がらみの男だった。大坂生まれではなく、元々は江戸っ子だという。若い頃に大坂へ上り、道頓堀《どうとんぼり》の料理茶屋で修業したが、何か理由があって江戸に舞い戻って来たらしい。痩《や》せていないせだった鯛六と違い、銀助は小太りで髭《ひげ》が濃く、伸ばしたもみあげが渦《うず》を巻いていて、見るからに暑苦しく感じられる男だった。

それに銀助はやたら口数が多い。板場にいる時は喋《しゃべ》りっぱなしである。鯛六が無口な男だったせいもあり、おせんはなおさら、いらいらした。

おせんがこんにゃくの白和えを作っていると、銀助は丼《どんぶり》の中に無造作に人差し指を突っ込み、ひょいと掬《すく》って口に入れる。

「おう、塩梅《あんばい》よし。まるでおせんさんのようだぜ」

何やら意味深長な褒《ほ》め方をする。味見は小皿に取ってするものと思っているので、おせんは銀助のやり方も気に入らなかった。

いらいらが昂《こう》じると、おせんは裏口から外に出て堀の水を眺めて気を落ち着かせた。末広の裏手は堀になっている。おせんは水際にそっとしゃがんだ。

稲荷堀と書いて「とうかんぼり」と読ませる堀は箱崎川《はこざきがわ》から汐留橋《しおどめばし》の下を通り、酒《さか》井雅楽頭《いうたのかみ》の中屋敷の辺りで堀留《ほりどめ》になっている。傍《そば》に稲荷《いなり》の社《やしろ》があることから稲荷堀と名がついたのだろう。

小網町周辺は問屋が集まっている地域なので、荷の揚げ下ろしのために稲荷堀は利用されている。また、箱崎川に面している行徳河岸《ぎょうとくがし》は江戸と下総国《しもうさのくに》行徳村を繋《つな》ぐ唯一の水路で、行徳村から運ばれる塩を積んだ船が出入りして、大いに賑《にぎ》わいを見せる所でもあった。

塩船の船頭達はひと仕事を終えると、末広で一杯飲むことを楽しみにしている。船頭達に出す料理は、幾分、味を濃い目にするのがおせんのやり方だった。身体を動かすことの多い彼らに薄味は好まれない。銀助と言い合いになるのは、そんな時だ。

「塩辛いぜ、おせんさん」

その日も銀助は言った。

「ええ、わかっていますよ。でも船頭さん達は濃い目の味つけがお好きなんですよ」

「客によって味つけを変えるのはいけねェよ。いつでも同じ味つけで、同じうまさの料理を出すのが一流どころの見世というものよ」

銀助は説教めかして言う。返事をしないおせんに「やり直してくんな」と、銀助は、にべもなく言った。

仕方なく作り直した料理への反応が気になり、おせんは間仕切《まじき》りの暖簾《のれん》の陰から、そっと船頭達の様子を窺《うかが》った。

船頭達は、さして不満そうでもなかったので、おせんはひとまずほっとしたが、銀助のやり方には相変わらず素直に従う気が起きなかった。

夜の稲荷堀は水の色が黒く見える。舫《もや》っている船が微《かす》かに揺れているのがわかった。去って行った鯛六がつくづく恨めしかった。鯛六はおせんのすることには文句を言わなかったので仕事がしやすかった。銀助とは反《そ》りが合わない。このまま銀助の下で働く自信がなかった。

「息抜きですかい」

背中で声がした。振り向くと銀助が立っていた。煙管《きせる》を手に持っている。銀助は莨《たばこ》を好む。板前は莨なんざ喫《す》っちゃいけねェと言った長蔵の言葉が思い出された。

「新しいお客様がお見えになりました?」

おせんは慌てて立ち上がった。

「いいや、今夜はこれで仕舞いでしょう。不景気のせいですかね、客の出足がもうひとつでさァ」

「そうですか……」

ほっとしたような、がっかりしたような気分だった。やはり、鯛六が客をさらって行ったことが売り上げに影響しているようだ。

「おせんさんは料理を誰に教わったんで？」

銀助は煙管から白い煙を吐き出して訊《き》く。

おせんは大袈裟《おおげさ》に目の前で手を振り、煙を避けた。

「てて親ですよ。末広の板前をしていたんです」

「さいですか。おれァ、女の料理人を初めて見たんで、正直、驚きやしたよ。しかも、おせんさんは、そこいらの板前よりよほど腕があるんで、さらに驚いた。大したもんです」

銀助は心底、感心した表情で言う。

「お父《と》っつぁんと二人暮らしでしたから、自然に覚えただけですよ」

「それで料理が好きになったという訳ですかい」

おせんは、つかの間黙った。好きというのとは少し意味が違うような気がした。

「好きじゃねェんですかい」

銀助は返事を急《せ》かす。

「仕事となったら好きも嫌いもありませんよ。親方もそうじゃないですか」

おせんは切り口上で応《こた》えた。板場の者は銀助を親方と呼んでいる。

「なに、おれァ餓鬼《がき》の頃、喰うや喰わずの暮らしをしていたんで、腹一杯めしが喰いたくて、この道に入ったんでさァ。しかし、客に出す料理は、おれが一生口にできないようなうまいもんばかりだった。世の中は、上には上があるもんです。それがわかっただけでも、おれァ、料理人になってよかったと思っておりやすよ」

言葉尻《じり》に微かに上方訛《なま》りが感じられる。銀助は料理を通して世の中の広さを感じていた。

おせんは銀助の懐《ふところ》の深さに感心したが、それぐらいの男でなければ板前は張れないとも思っていた。

「突き出しを作っているおせんさんは口を真一文字《まいちもんじ》に結び、おっかねェ面《つら》をしておりやすよ。料理が好きじゃねェのかと心配していたんでさァ」

銀助はそんなことも言う。

「そうですね。親方ほど好きじゃないのかも知れませんよ。何年修業しても焼き方にさえなれないのですから」

おせんは皮肉を込めた。

「ま、この世界は女の料理人を認めねェところがありやすから、それは仕方がねェ。だからって、おせんさんの腕が足りねェということではねェですよ」

「………」

銀助は慰めているつもりだろうか。おせんは面映《おもはゆ》い気持ちだった。

「手前《てめ》ェで作るもんで、何が好きですかい」

銀助は黙ったおせんに構わず続ける。なぜかおせんは銀助の問い掛けに胸がひやりとした。そんなことを訊いた者は今までいなかった。おせんの中でわだかまっている部分に錐《きり》を刺し込まれた気がした。

「ごめんなさい、親方。あたし、後始末がありますから」

おせんは、そそくさとその場を離れた。

板場に戻り、使った皿小鉢を戸棚に納めると、おせんはささらを使って流しの汚れを擦《こす》り落とす。銀助は今まで見たこともない板前だった。おおざっぱな仕事をするが、でき上がりに不足はない。おせんにはそれが不思議だった。そして、こちらが返答に窮するようなことも平気で訊く。銀助は深い意味があって訊いているのではなかった。それでもおせんの気持ちが揺さぶられるのはなぜだろう。

おせんはささらを使いながら考えていたが、答えは出なかった。

ほどなく板場に戻って来た銀助も鼻唄《はなうた》交じりに後片づけを始めた。板前が後片づけをするのも滅多にないことだ。

ありがたい親方だと思いながら、おせんは銀助が鍋《なべ》をがたがた重ねる音が耳障りで仕方がなかった。

三

料理茶屋は朝早くから夜遅くまで仕事があるきつい商売だ。末広で一番早起きなのは住み込みの追い回しである。

追い回しは目覚めると身仕度を調えて板場に行き、買い出しの荷籠《にかご》の整理をする。それから主の茂平より、その日の買い物の一覧表を受け取る。

追い回しは一覧表の写しを取って洗い方に渡す。洗い方は洗いものだけでなく、実は材料の買い出しも仕事の内だった。

買い出しを終えると、洗い方と追い回しは材料の下処理をする。青菜を洗ったり、蛤《はまぐり》や浅蜊《あさり》の貝類ならば塩をひと摘《つま》み入れた水に浸して砂を吐かせたりするのだ。

五つ（午前八時頃）過ぎには板場に料理人が全員顔を揃える。その日の献立が板前から告げられ、料理の段取りをあれこれと命じられる。それから朝めしを食べる。

茂平は四つ頃に板場へ顔を出し、段取りに不足がないか注意深い眼を向ける。

「そいじゃ、頼むよ」

茂平が板場を出て行くと、料理人達は一斉に下ごしらえに入る。それは七つ（午後四時頃）まで続く。下ごしらえが済むと、ようやく遅い中食《ちゅうじき》だった。

中食を終えた洗い方は、その日の献立に合った食器を揃える。それを見世では「蔵《くら》出《だ》し」と呼んだ。

仲居が見世の玄関を掃き清め、座敷の用意をする。それが終わると、また全員が板場に集まり、一同、茶を飲んで英気を養い、いよいよ見世開けとなるのだ。

料理人は自由な時間が本当に少ない。寝て起きて仕事をして、家に帰って寝る。その繰り返しのように思える。そんな毎日に倦《う》まないように、料理人達は自分の楽しみをそれぞれに見つけているようだ。ある者は仕事を終えてから朝までやっている居酒屋で酒を飲んだり、ある者はなじみのいる岡場所《おかばしょ》へ行ったり、またある者は仲間同士、小博打《こばくち》に興じる。

おせんの楽しみは朝湯だった。五つには見世に行かなければならないので、湯屋へ行くのはどうしても朝の内に限られる。買い出しの中身によって呼び出されることもあるので、いつの頃からか、湯屋の口開けと同時に行くようになった。その時間、女湯に客がいることは少ない。まるでおせんの貸切りのようなものだった。

修業時代は長蔵に仕入れた物の下処理を命じられることが多かったので、湯に入る暇もなかった。仕方なく家の土間に盥《たらい》を出し、行水することも度々だった。それに比べれば今は極楽である。下処理は追い回しと洗い方がやってくれるからだ。

湯舟の中で手足を伸ばせば、肩のコリも腰のだるさもほぐれる。ゆっくりと糠袋《ぬかぶくろ》を使って身体を磨《みが》き、硬くなった踵《かかと》を軽石で擦《こす》る。

おせんの至福のひとときだった。

その日の朝もおせんは近所の湯屋「稲荷湯」に行き、少し熱めの湯に浸《つ》かっていた。外はよい天気で、仄暗《ほのぐら》い湯舟にも微かな陽《ひ》の光が射《さ》し込んでくる。おせんはうっとりと眼を細めた。その時、年の頃、七つか八つの女の子が柘榴口《ざくろぐち》をくぐり、湯舟の縁に足を掛けた。

「お嬢ちゃん、身体に湯を掛けたかえ。いきなり湯舟に入るのはいけないよ」

おせんはさり気なく注意した。浅黒い顔の女の子は驚いたようにおせんを見たが、言われるままに洗い桶《おけ》で湯を汲《く》み、おざなりに身体に湯を掛ける。

「どれ、桶をお貸し」

おせんは手を伸ばし、桶を取り上げると、女の子の肩に湯を掛けた。

「あつッ！」

女の子は大袈裟な悲鳴を上げた。

「おや、堪忍しておくれね。あんたには熱かったかも知れない。湯番どん、少し水を埋めておくれ」

おせんは釜場《かまば》の湯番頭に声を掛けた。桶に三つほど水を入れたが、それでも女の子には、まだ熱過ぎるようだった。

「少し我慢おし。あとに来る人のことも考えなきゃね」

顔をしかめて湯舟に浸かる女の子におせんは優しく言った。女の子の後に母親らしいのが入って来る様子はない。

「あんた、一人で来たのかえ」

おせんは洗い場に座り、女の子に訊いた。

「うん。お父ちゃんと一緒」

口調に上方訛りが感じられる。父親と男湯に入るのを嫌ったのだろう。おせんに含み笑いが洩《も》れた。昔の自分を思い出したのだ。

女の子は、さほど湯に浸からず、すぐに上がって洗い場で糠袋を使い出した。不器用な仕種《しぐさ》が見ていられず「どれ、背中を出しな。小母《おば》さんが擦ってやろう」と、おせんは声を掛けた。首を振る女の子に構わず、おせんはその背中を擦った。痩せてろくに肉のついていない身体だった。細い首には垢《あか》がこびりついていた。

「あんた、ちゃんと擦っていないだろう。垢だらけだよ」

首から肩、背中、尻《しり》を擦ると、真っ黒い垢がぼろぼろと剝《は》がれる。おせんの力が少し強かったせいで、背中が赤くなった。おせんは湯を汲んで垢を流してやった。

「ほら、背中が軽くなっただろ？　今度、また会ったら擦ってやるよ。他は自分で洗えるね」

「小母さん、おおきに」

女の子は礼を言ったが、余計なことをされて迷惑だという表情も感じられた。それからおせんは自分の身体を洗い、最後にもう一度、湯舟に浸かった。

男湯から野太い声がした。その声には聞き覚えがあった。銀助だと気づくと、おせんは慌てて女の子の顔をまじまじと見た。丸い大きなふた皮眼《かわめ》と、濃い眉《まゆ》は銀助とそっくりだった。

「おゆみ、上がるぞ」

荷湯にやって来たらしい。銀助は洗い方が魚河岸で買い出ししたものを確かめると、娘を伴って稲

「お父ちゃん、お湯が熱うてかなわんねん。温まらんでもええやろ」

女の子は甘えるように訊く。

「あかん、あかん。湯に入って百まで数えろ」

「うち、百までなんて、よう数えられん。十《とお》や」

「やけに値引きしよるな。間を取って五十でどや」

「二十」

「三十や」

「二十」

「………」

根負けした銀助は何も応えなくなった。女の子は湯舟に入ると、恐ろしい速さで数を数えると、そそくさと上がった。「陸湯《おかゆ》を浴びなさい」と、おせんが声を掛ける暇もなかった。

銀助が、そうして娘を朝早く湯屋に連れて来るということは、女房がいないのだろうか。余計なこととはいえ、おせんは気になった。しかし、外で銀助と顔を合わせるのを避け、おせんは女の子が出て行ったのを見届けてから、自分も湯屋を出た。

「おせんさん、今夜の客に木《き》の芽《め》田楽《でんがく》を出すつもりだが、青寄《あおよ》せを作って貰えるかな」

銀助はおせんに言う。朝湯に浸かったせいで、いつもより銀助の顔がきれいに見えた。

朝めしが済み、板場は料理人達が一斉に下ごしらえに入った。おせんは荷籠の中を覗《のぞ》いて突き出しの算段をしている時だった。

青寄せとは田楽味噌《みそ》に混ぜるもののことだ。

木の芽だけではきれいな色が出ない。それで青菜を細かく刻み、すり鉢で擂《す》り、水をたっぷり加えて濾《こ》し、色水を取る。さらにその色水を鍋に載せ、静かに煮立てると青みが寄ってくる。それを丁寧に掬い取って晒《さらし》で濾したものが青寄せである。手間の掛かる仕事だが、青寄せを田楽味噌に加えると、それは美しい緑色になるのだ。

「ええ、承知しました」

おせんがあっさりと応えたので、銀助はつかの間、面喰らった顔をした。青寄せって何んですかと訊いたら、そんなことも知らないのかと笑う魂胆《こんたん》だったのかも知れない。人の悪い男だと、おせんは内心で思った。

「青寄せもお父っつぁんから教わったんですかい」

青菜を取り上げ、包丁で刻み出したおせんに銀助は訊く。

「ええ」

「大したもんだ」

独り言のように呟《つぶや》いて銀助はおせんの傍を離れた。じっと仕事を見つめられるのは居心地《いごこち》が悪い。おせんは、ほっとした。

板場は下ごしらえが進むにつれ、むっとした熱がこもる。夏めいてきたこの頃は、たちまち汗になる。おせんも首に掛けた手拭《てぬぐ》いで、時々、額の汗を拭った。

青寄せを作り終え、銀助に仕上がりを見て貰っていた時、開け放した裏口から「お父ちゃん、おる?」と、控えめな子供の声が聞こえた。

見ると、朝に湯屋で会った銀助の娘だった。

「おゆみ、何しに来た」

銀助は少し厳しい声で訊いた。

「あんなあ、今日はお弁当がいる日だったんよ。それでな、うち、何も持って行かんかったから、用事がある言うて早引けさせてもろたんや」

おゆみはおずおずと応えた。

「しゃあないなあ。伯母さんの所に行き」

「せやけど、伯母さん、内職のもんを届けなあかんて、京橋《きょうばし》に行ったんよ。うち、どうしていいかわからん」

「親方、中に入れたらどうですか。あと一刻《いっとき》（二時間）もしたら中食になりますから」

おせんはおゆみが気の毒で助け舟を出した。

「しかし、板場に子供を入れるのはまずい。旦那《だんな》とお内儀さんに文句も言われるしなあ」

銀助は困り顔をした。

「大丈夫ですよ。あたしも子供の頃は板場でお父っつぁんの仕事ぶりを眺めていたものですよ。見世の旦那もお内儀さんも文句なんて言いませんよ」

おせんはそう言って、板場の隅に置いてある醬油樽におゆみを促した。

「ささ、おゆみちゃん、ここに座って。おとなしくしているのよ」

おせんは笑顔で言った。おゆみは気後れしたような様子を見せたが、黙って言う通りにした。湯屋でおせんと会ったことを覚えているのか、いないのかわからない。

「皆《み》んな、ちょいと目障りだろうが、我慢してくれや」

銀助は板場の料理人達に声を掛けた。料理人達はそれぞれに手を動かしながら「へい」と笑顔で応えてくれた。銀助はほっとした表情でおせんに、こくりと頭を下げた。

青寄せを田楽味噌に混ぜ始めると、おゆみは「お父ちゃん、おなごが板場で料理を拵えてもええの？　この小母さん、料理してはるわ」と驚きの声を上げた。

「やかましい。おとなしゅうしてろと言われたんを忘れたか。それに小母さんて何んや。おせんさんは、まだ嫁入り前やで」

銀助はおせんに気を遣って言う。

「そやかて……」

「いいんですよ。おゆみちゃんから見たら、あたしは立派に小母さんですよ」

おせんはさり気なく銀助をいなした。

「嬢《じょう》ちゃん、おせんさんが料理しているのが、それほど妙かい。おせんさんは並のおなごじゃねェから板場にいるんだよ。板場にいる時ァ、男ですよ」

煮方の竹次《たけじ》という男が冗談交じりにおゆみに言う。板場にくすくすと苦笑がこぼれた。

おせんは竹次をじろりと睨《にら》んだが何も言わなかった。

「そやかて、この小母さん、女湯に入ってたんやで。男やあらへん」

だが、おゆみは口を返した。

「背中流してもろたんは、おせんさんのことやったんか」

銀助は驚いたように訊く。

だった。

「うん」

「はよ、それを言わんか」

銀助はおゆみの頭を小突いた。おゆみは泣きもせずに、頭の横を手で押さえただけだった。

四

おゆみはその日をきっかけに、度々板場に顔を出すようになった。醬油樽に座っているおゆみを見て、おきんは「思い出すねえ。おせんちゃんもああして座っていたものだよ」と、感慨深い表情で言った。

四十代の半ばを迎えたおきんは白髪も増え、目尻の皺《しわ》もめっきり深くなった。それでも末広のお内儀として、客あしらいに不足はなかった。娘がいないので、おせんを実の娘のように思ってくれている。着物や帯を誂《あつら》える時はおせんに相談した。一人息子の巳代治《みよじ》は焼き方控えをしているが、長年の贔屓《ひいき》が見世にやって来ると、着物と羽織に着替えて挨拶《あいさつ》に出ていた。

その日も下ごしらえが一段落すると、おせんは内所に呼ばれた。呉服屋が置いていった秋物の反物をおせんに見せながら、おきんは、どれがいいか、おせんに意見を求めた。

料理茶屋のお内儀の恰好《かっこう》は、あまり派手になってはいけない。ただし、着物に目の肥えた客が多いので安物を着ていると、すぐに見抜かれてしまう。上等で上品で、おきんの顔を引き立てるものがいい。おせんの薦《すす》める品物は、いつもおきんの予算を上回ってしまった。

「うちの人に嫌味を言われちまいそうだよ」

おきんはため息交じりに言う。

「お内儀さんは末広の看板でもありますから、これぐらいのものをお召しにならなきゃ」

おせんが薦めた反物は藤色《ふじいろ》の地に桔梗《ききよう》の柄が入ったものだった。白髪交じりのおきんの頭に優しく溶け合うと思う。

「そうだね。おせんちゃんが薦めたと言えば、うちの人も文句は言うまい。思い切って、これにしよう」

おきんは決心すると、反物を脇に寄せ、茶を淹《い》れた。もうすぐ盂蘭《うら》盆《ぼん》を迎える季節となっていた。今年は墓参りができるだろうか。

おせんは障子越しに射し込む陽の光を見つめながら思った。見世の仕事に追い回されて、いつも墓参りの時間が取れなかったからだ。

「銀助のやり方に慣れたかえ」

茶の入った湯呑を差し出しながら、おきんは訊く。銀助が板前になってから末広は、ようやく以前の活気を取り戻していた。

「ええ、何んとか」

「子持ちの板前だから、どうなることやらと最初は思っていたが、案ずるより産むが易《やす》しというものだったよ。板場をまとめる才覚もあるしね」

「ええ……」

おきんの言うことは本当だった。料理人のほとんどが、今では銀助を慕っていた。

「親方はどうして大坂から江戸へやって来たんですか。向こうで修業したのですから、向こうにいた方が仕事はやりやすいと思いますけど。おゆみちゃんのためにも、その方がよかったんじゃないですか」

おせんがそう言うと「あんた、何も知らなかったのかえ」と、おきんはおせんの顔をまじまじと見た。

「ええ、何も。わざわざ訊くことでもありませんから」

　おきんの話によれば、銀助は大坂で所帯を持ち、おゆみが生まれた。しかし、その後、女房は病に倒れて亡くなったという。女房は大坂の人間だったが、両親がおらず、きょうだいとも行《ゆ》き来《き》していなかった。後に残されたおゆみの面倒を見る者がいなかった。途方に暮れた銀助は江戸に戻ることを決心する。

江戸には銀助の姉がいたからだ。姉のおまさがいる小網町の裏店に空き家があったので、二人はそこへ落ち着き、日中はおまさにおゆみの面倒を見て貰うことにしたらしい。それから大坂で顔見知りとなった客の口利きで末広に雇われたという。

とは言え、姉の亭主は青物の振り売りをしていて、裕福とは言えない暮らしぶりである。おまさも内職をして家計を助けていた。おゆみに構っている暇は、あまりなかったのだ。

「まるで、あたしと同じですね」

　おせんは独り言のように呟いた。

「そうね。でもおせんちゃんは、おっ母《か》さんとは生き別れだから、あの子よりましかも知れない」

「お内儀さん、生き別れでも死に別れでも母親が傍にいないことには変わりがありませんよ」

「それはそうだけど」

「どうしておっ母さんは家を出て行ってしまったんだろう。お父っつぁんのお弔いにも来なかったから、江戸にいないのかも知れませんね」

そう言うと、おきんは驚いたように眼をみはった。

「長蔵はあんたに何も話さなかったのかえ」

「ええ……」

「あんたのおっ母さんは八百善の親戚《しんせき》筋の娘だったんだよ。実家は山谷堀で舟宿をしているよ。あんたのおっ母さんは一人娘だったから、婿《むこ》を取らなきゃならない立場だったのさ。ところが長蔵と相惚《あいぼ》れになってしまい、手に手を取って駆け落ちしたんだ。一時は品川《しながわ》の方にいたらしい。そこであんたと妹の……」

「い、おさとです」

「そう、おさとちゃんが生まれた。ところが、おっ母さんのてて親が倒れて、母親は……あんたのお祖母《ばあ》さんのことだよ。おっ母さんの行方を必死で捜したのさ。それで品川にいるところを見つけて、連れ戻したんだ。本当は長蔵も一緒に行きたかっただろうが、何しろ、長蔵は八百善の旦那にひと言の断りもなしに見世を出たから、できない相談だった。二人は泣く泣く別れたのさ。娘を一人ずつ引き取ってね。長蔵はそれから間もなく江戸に戻って来て、うちの見世で働くようになったんだよ。長蔵は内心じゃ、あんたのおっ母さんを待っていたのかも知れないよ。その証拠にずっと独り身を通したじゃないか」

どうして長蔵は、そんな大事なことをおせんに話さなかったのだろうか。おせんはそれが恨めしかった。

「それで、おっ母さんとおさとは、その後、どうなったのですか」

おせんは訊かずにはいられなかった。

「あんたのおっ母さんは、長蔵より一年前に死んでいるんだよ。おっ母さんは寂しくて長蔵を呼んだのかも知れないよ」

おきんは、そこで、そっと眼を拭った。

「おさとは……」

おせんはおきんの眼を見ずに訊いた。まともに見つめたら貰い泣きしそうだった。

「ああ。おさとちゃんは婿を迎えて舟宿を継いでいるよ。安心おし」

「ありがとうございます。これで胸のつかえが下りました」

おせんは頭を下げて腰を上げた。そろそろ中食の時刻だった。

「おさとちゃんに会いに行くのかえ」

おきんは心配そうな顔で訊く。おせんは唇を噛《か》み締めて首を振った。

「そうかえ……」

おきんの声が沈んで聞こえた。

板場では銀助がうどんを打っていた。大坂仕込みのうどんを振る舞うと、前々から料理人達に言っていたのだ。

「親方、うまいもんですね。板前をやめてもうどん屋が開けますぜ」

料理人達は口々に褒める。実際、銀助の手捌きはなかなかのものだった。

「小母さん、うどん好き？」

おゆみが嬉《うれ》しそうに訊く。

「どうかしら。あたしはうどんよりお蕎麦《そば》が好きだけど」

おせんは銀助の傍に行かず、荷籠から青菜を取り出して応えた。今夜の突き出しは青菜の胡麻よごしと、こんにゃくを煎《い》りつけ、唐辛子をぴりりと利かせたものにするつもりだった。

「うちはうどんの方がええわ。お父ちゃんのうどん、ほんまにおいしいねんで」

この頃のおゆみはおせんに気軽な口を利く。

銀助に似て、結構お喋りだ。

「お父ちゃん、まだできひんの？　うち、お腹《なか》がぎゅうぎゅう言うとるわ」

おゆみは銀助を急かした。

「まてまて。今、できるさかいに」

銀助は額に汗を浮かべて応える。その時、外から真っ黒い虫が入って来て、おせんの近くに止まった。おせんは大袈裟な悲鳴を上げ、傍にあった布巾《ふきん》で叩《たた》き潰《つぶ》そうとした。

「おせんさん、殺したらいかん」

銀助は慌てておせんを制した。

「もうすぐ盂蘭盆だ。殺生《せっしょう》したらいかんがな」

「でも……」

「おはぐろとんぼだ。このとんぼはな、おしょらい（精霊）とんぼとも言うて、先祖の霊が浄土から帰って来る姿だと信じられているんですぜ。色が黒いのは雄だ。雌は少し茶色がかっている。おせんさんの傍に来たということは、お父っつぁんだな」

「おはぐろとんぼ……」

おせんは独り言のように呟いた。なるほど、普通のとんぼとは少し違う。身体は艶《つや》のある黒色をしていた。まな板の上にそっと止まり、身じろぎもしない。

「おはぐろとんぼ、おはぐろとんぼ」

おゆみが甲高い声を上げた。するとおはぐろとんぼは、ぱっと舞い上がり、板場の裏口から稲荷堀の方へ飛んで行った。

たかがとんぼ一匹のことなのに、おせんは思わぬほど動揺していたらしい。せっかくの銀助のうどんにも手が出なかった。もっとも、若い追い回し達の食欲が旺盛《おうせい》で、おせんが味見する分さえ残らなかったこともあるのだが。

おはぐろとんぼは梅雨《つゆ》の晴れ間の、ほんの短い間に現れるという。盂蘭盆近くに飛んでいることは珍しいそうだ。その身体の色から、おしょらいとんぼの他に、かねつけとんぼとも呼ばれるらしい。成虫になっても一刻か一刻半ほどしか生きられないはかない命と知ると、叩き潰さなくて本当によかったとおせんは思った。

五

その夜の客達は近所の武家屋敷のお偉方《えらがた》で、務め向きの話をしながらの会食だった。芸者衆が呼ばれることもなく、五つ半（午後九時頃）には、あっさりと帰って行った。

そのせいで後片づけも早く済み、おせんは家に戻り、久しぶりにのんびりとした気分を味わった。とはいえ、中食をろくに食べていなかったので、空腹を覚えた。仏壇に供えていた落雁《らくがん》を口にしたが、何んだかもの足りなかった。しかし、新たにめしを炊く気も起きない。どうせ余ってしまう。

明日まで我慢するしかないと諦《あきら》め、奥の間に蒲団《ふとん》を敷き始めた時、表戸を控えめに叩く音が聞こえた。こんな時分に誰だろう。おせんは少し緊張した。女の独り暮らしである。用心しなければ不逞《ふてい》の輩《やから》の思う壺《つぼ》となる。

「どなたですか」

おせんは土間口に下りて、硬い声で訊いた。

「おせんさん、おれだ」

声の主は銀助だった。

「何かありましたでしょうか」

たとい銀助でも夜中に家に入れる訳にはいかない。しかし、銀助はおせんの気持を察しているように「こんな遅い時分に申し訳ねェ。おゆみがどうしてもおせんさんにうどんを食べさせたいと言うんですよ。中食にゃ人数分を打ったつもりなんですが、ちょいと足りなくて、おせんさんは喰いはぐれてしまいやしたからね。ヤサ（家）で大急ぎでうどんを打ち、ようやくでき上がったところでさァ」と応えた。

「おゆみちゃんもそこにいるの？」

「ああ」

おせんは慌てて表戸のさるを外した。

小鍋を持っている銀助の傍に、おゆみが寄り添うように立っていた。

「親方、子供を早く寝かせないと身体に障りますよ」

おせんは小言を言わずにはいられなかった。

「わ、わかってる。すぐに帰るから」

銀助は小鍋を押しつけて言う。

「お父ちゃん、喉《のど》が渇いた」

おゆみは鼻の頭に芥子《けし》粒のような汗を浮かべていた。

「しょうがねえなあ。おせんさん、水を一杯飲ませておくんなせェ」

「……」

おせんは仕方なく、二人を中へ招《しょう》じ入れた。

水を飲ませて、はいさようならという訳にはいかない。おせんはおゆみに落雁の残りと水を与え、銀助には茶を出した。

銀助は台所にすばやく眼を向け「道具は皆、揃っているんですね」と、感心した表情で言った。

「ええ。お父っつぁんと一緒にいた時、見世から戻ると、ここでおさらいしていたんですよ。包丁も鍋釜もお父っつぁんが揃えてくれたものです」

「さいですか」

「小母さん、うどん食べて。冷めてしまうから」

おゆみは心配そうに言う。

「ええ、後でいただきますよ」

おせんは笑って応えた。

「盂蘭盆は見世を休みにします。おせんさんは墓参りに行きやすかい」

銀助はそんなことを訊いた。

「見世がお休みなら行きたいですね。去年は客が入って、行けなかったので」

「墓は深川《ふかがわ》でしたね」

「……………」

どうしてそんなことまで知っているのだろう。おせんは怪訝《けげん》な眼で銀助を見つめた。

「確か冬木町《ふゆきちょう》の心行寺《しんぎょうじ》とか」

「お内儀さんに聞いたんですか」

「ええ。迷惑じゃなかったら、おれもお参りしてェんですが」

「どうして……」

「そのう、おせんさんのお父っつぁんは末広を一流どころの見世にした人だ。及ばずながら、おれも跡を継いで板前をやらせて貰っておりやす。先代の板前に、ちょいと挨拶してェんですよ」

そんなことをする義理はないと思いながらも、銀助の気持ちは嬉しかった。

「ありがとうございます」

おせんは素直に礼を言った。

「よかった。断られるんじゃねェかと内心、びくびくしていたんでさァ」

銀助は安心したように笑った。銀助の額に汗が滲《にじ》んでいた。ふわりと蒸《ふ》かしめしのような体臭も感じられた。

ことりとおゆみが畳に横になった。眠気が差してきたようだ。

「おゆみ、起きろ。帰るからな」

銀助は声を掛けたが、おゆみは、むにゃむにゃと意味不明な言葉で応えるばかりだった。

「寝かせておきなさいましな。何んならおゆみちゃんだけ泊めてもいいですよ」

おゆみちゃんだけと断ったおせんに、銀助は苦笑した。

「あら、あたし、変なことを言ったかしら」

「いえ、別に。おせんさんは守りが堅いおなごだと聞いておりやすので、それは何んとも思いやせん」

「それもお内儀さんが言っていたこと？　女の独り暮らしですからね、気を強く持っていないと、とんでもないことになるんですよ」

「でしょうね」

「それでなくても板場では女だからって、色々馬鹿にされて来ましたからね」

「それで何くそと踏ん張った」

「ええ」

「いいなあ。たまらねェよ、おせんさん」

銀助は首を振って感心した顔をした。銀助の眼がやけに光って見える。板場にいる時とは少し感じが違っていた。

「いやだ、親方。からかわないで」

「からかっちゃおりやせん。もしも、この先、また女房を貰うとしたら、おれァ、おせんさんのような人がいいな」

冗談かと思ったが、銀助は真顔だった。うどんを届けるのは口実で、本当はおせんに女房になってくれと言うつもりだったのか。おせんは唇を嚙み締めた。

しばらく居心地の悪い沈黙が続いた後で、「親方、あたし、亭主を持つつもりはありませんよ」と、おせんは低い声で言った。

「そいじゃ、ずっと婆《ばば》ァになるまで末広で働くつもりなんで？」

「先のことなんてわかりませんよ。巳代治さんが旦那に直ったら、見世のやり方も変わるでしょうし。あたしはお払い箱になるかも知れませんよ。でも、そうなったらなったで、ここで煮売り屋でも始めますよ」

「さいですか……」

意気消沈した銀助が気の毒だったが、おせんはそう言うしかなかった。

半刻《はんとき》（約一時間）ほどして、銀助はおゆみをおんぶして住まいにしている裏店に戻って行った。

二人が帰るとため息が出た。ふと、銀助が置いて行った小鍋が眼についた。蓋《ふた》を開けると、薄い醬油汁にさらし葱を散らしたうどんが入っていた。

おせんは箸《はし》を取り上げ、息もつかずにうどんを啜《すす》り込んだ。汁は冷めていたが、腰のあるうどんと汁の味が絶妙だった。

「おいしい」

おせんは感歎の声を上げ、汁を最後まで飲み切った。

翌日の銀助は、いつもの銀助だった。おせんに気後れした様子も見せない。それがおせんにはありがたかった。

朝めしを食べ終えると、用事があると言って、下ごしらえを他の料理人達に任せ、銀助はそそくさと外に出て行った。それから中食の時刻になっても戻らなかった。おゆみも姿を見せない。銀助はともかく、おゆみの気持ちを傷つけてしまったのではないかと、おせんは気が重かった。

中食を済ませると、おせんは稲荷堀に出て、堀の水を眺めた。年を取ったら煮売り屋でもして食べていこうという気持ちにうそはなかった。独りで生きていくということは独りで死ぬことでもある。寂しくないのかと訊《たず》ねられたら、やはりおせんは寂しいと応えるだろう。稲荷堀の水を眺めていると、様々な思いに捉《とら》えられる。そうしている時だけ自分の気持ちと向き合うことができた。

板場に飛んで来たおはぐろとんぼは父親の化身だったのだろうか。おせん、そろそろ了簡《りょうけん》しな、と長蔵は言いに来たのか。だが、長蔵が銀助と一緒になることを望んでいるとしたら、あんまりだと思う。自分はいきなり八つの娘の母親にならなければならない。母親になる自信などなかった。

子育ては料理と違う。いや……それとも料理と同じなのだろうか。わからない。おせんは首を振った。

「おせんさん。盂蘭盆の日は日本橋から舟で深川に行きやしょう。花と蠟燭《ろうそく》と線香を持ってくれれば、後はいいから」

ようやく戻って来た銀助が、早口でおせんに声を掛けた。

「でも、お供え物も用意しなくちゃ」

振り返ったおせんは、おずおずと言った。

「それはいいですから」

銀助は笑って応える。

「そうですか……」

割り切れない気持ちだったが、おせんは小さく肯《うなず》いた。

六

盂蘭盆の日は幸い、朝からよい天気だった。

おせんは銀助とおゆみとともに日本橋の舟着場から猪牙舟《ちよきぶね》に乗り込んだ。そこから大川に出て、深川の仙台堀《せんだいぼり》に入り、海辺橋《うみべばし》まで行くのだ。海辺橋から心行寺はすぐ近くである。

おゆみは猪牙舟に乗るのが初めてだったので、船べりから手を伸ばして水と戯《たわむ》れ、嬉しそうな顔をしていた。

銀助は細縞《ほそじま》の単衣《ひとえ》に紺色の角帯を締めて、いつもよりきりりとしまって見える。おせんも久しぶりによそゆきの着物に身を包んでいた。

供え物は心配しなくていいと言ったくせに、銀助は、それらしい物は何も持っていなかった。こんなことなら菓子屋に寄って最中《もなか》のひとつでも買うのだったと、おせんは後悔していた。

長蔵の墓がある心行寺周辺は寺町になっていて、正覚寺《しょうがくじ》や増林寺《ぞうりんじ》、海福寺《かいふくじ》などの寺も軒《のき》を連ねている。盂蘭盆のせいで寺町の通りはお参りをする人々で混雑していた。

山門をぐるると、銀助は納所《なつしょ》に水桶を取りに行った。おせんはひと足先に長蔵の墓へ向かった。

そこは隣りの海福寺の塀の傍で、すぐ後ろに狭い堀が見える場所だった。

墓の前に来て、おせんの足が止まった。長蔵の墓の前にしゃがんでいる女の後ろ姿があったからだ。誰だろう。墓には水菓子の供え物がしてあった。供え物はいらないと言った銀助の言葉に納得がいったが、依然として女の正体はわからなかった。

長蔵は末っ子で、両親はもちろん、他の兄弟も皆、すでに鬼籍《きせき》に入っていた。会ったこともない親戚《しんせき》の者だろうか。いや、長蔵の墓は末広の主が長蔵のために建ててくれたものだ。わざわざ深川まで墓参りする者などいないはずだった。

「おせんさん、何してる」

銀助が突っ立っているおせんに詰《なじ》るような言葉を掛けた。その拍子に女が振り返った。

ふくよかな頬《ほお》をした色白の女だった。おせんを見て、眼をしばたたき、小さく頭を下げた。

「どちらさまでござんしょう」

おせんは怪訝な思いで訊いた。

「どちらさんだとよ。お内儀さん、おせんさんは、すっかりあんたの顔を忘れているよ」

銀助はからかうように言った。

「無理もありませんよ。あれから十七年も経《た》っているんですもの。あたしだって、通りで出くわしても姉さんとは気づきませんよ」

途端、おせんの後頭部がちりちりと痺《しび》れた。

「おさと……」

そう言ったおせんの声が掠《かす》れた。

「ええ。姉さん、ご無沙汰《ぶさた》しておりました」

おさとは、膨《ふく》れ上がるような涙を浮かべて笑った。舟宿のお内儀としての如才なさ、貫禄《かんろく》が感じられる。自分よりよほどしっかりしていると感心したが、おせんは突然のことで平静さを欠いていた。息苦しさも覚えた。

「おせんさん、大丈夫かい。顔色が悪い。それ、大きく息をしな。それ、それ」

銀助に背中を支えられながら、おせんは二度、三度と大きく息を吸っては吐いた。

おさとは墓参りの後で近くの蕎麦屋へ案内した。その蕎麦屋の二階に部屋を取っていたらしい。

銀助は蒲鉾《かまぼこ》を肴《さかな》に一杯飲みながら、上機嫌でおさととおせんを見つめていた。普段はお喋りなのに、その時は相槌《あいづち》を打つ程度で、あまり余計なことは言わなかった。

おゆみは運ばれて来たせいろを頬張るのに夢中だった。

おせんはおさとと手を握ったまま離さない。積もる話は山ほどあったが、何か言う度に、すぐに涙になった。

おせんの母親は、実家に連れ戻された後、祖母の勧める男を養子に迎えたが、その養子との間に子供はできず、五年ほどして離縁したという。舟宿は結局おさとが跡を継ぐしかなかったのだ。今は五つの息子を頭に三人の子供がいた。

母親は死ぬまで長蔵のことを忘れず、ことあるごとに、どうしているだろうと言っていたらしい。両親はずっとお互いに相手のことを思っていたのだと知ると、おせんは母親を恨む気持ちになれなかった。仕方がなかったのだ、何も彼《か》も。

「姉さんに会えたのは親方のお蔭《かげ》ですよ。わざわざ山谷堀まで来て下さって、姉さんが独りでがんばっているから、会って慰めてやってくれって」

おさとは悪戯《いたずら》っぽい表情で言う。おさとは、銀助のおせんに対する気持ちには、とっくに気づいていた。銀助はおせんとおさとを会わせるために走り回ってくれたのだ。

おせんを喜ばせようと。

「ありがたいと思っています」

おせんは殊勝に応えた。

「姉さん、親方と一緒になる気持ちはない？」

おさとはずばりと訊く。

「おさと、何もこんなところで」

おせんは慌てた。銀助の心遣いは身に滲《し》みていたが、それはまだ、はっきりとした形にはなっていなかった。

「こんなところだから訊くのよ。いい機会じゃないですか。気をもたせるのは親方に悪いですよ。はっきりさせましょうよ」

「あたし、子供を育てたことがないから……」

おせんは伏目がちになり、低い声で言った。だがそれは断る理由にならないと、内心で思った。

「うちがおらんかったら、小母さんはお父ちゃんと一緒になってくれはるの」

おゆみは箸を止めて、おせんに訊く。

「おゆみちゃん」

おせんは何んと応えていいかわからなかった。

「そいじゃ、うち、よその子になるし」

おゆみが言った途端、おせんはたまらず掌《てのひら》で口許《くちもと》を覆った。父親を思うおゆみの気持ちが切なかった。

「そういうことじゃないのよ、おゆみちゃん。小母さんはおゆみちゃんのおっ母さんになる自信がないだけなのよ」

おさとは嚙んで含めるように言った。

「うち、言うことを聞くよ、小母さん。稲荷湯で百数えるまで湯舟に浸かるよ。それでもあかん？」

「おゆみ、急かすな。おせんさん、困っているやないか」

銀助は見かねておゆみを制した。

「けど、小母さん、うちのことで悩んでいるなら、うち次第ということやないの。そんなん簡単なことや。小母さんがうちを好きか嫌いか、どっちかや。なあ、小母さん、うちが嫌い？　はっきり言うて」

おゆみはぎゅっと膝頭《ひざがしら》を摑《つか》んで訊く。おせんに新たな涙が湧《わ》いた。

「小母さんは、小母さんは……おゆみちゃんが大好き。後生だから、それ以上言わせないで」

おせんは俯《うつむ》いてようやく応えた。銀助の毛深い腕が伸び、おせんに猪口《ちょこ》を持たせた。

「飲んでくれ、おせんさん」

固めの盃《さかずき》と言いたいのだろうか。気の早い男だ。だが、おせんは黙って猪口を受けた。

半ば破れかぶれの気持ちでもあった。冷酒はおせんの喉を通り過ぎた途端、かっと熱く感じられた。足がほてる。膝ががくがくする。それでも立て続けにおせんは飲んだ。

もう気を張る必要はない。ないけれど、銀助の眼をまともに見られない。いいのかこれで。いいのかお父っつぁん。

「存外、酒は弱いんだな、見た目は一升酒でも飲めそうだが」

銀助がおさとに言う声が遠くから聞こえるような気がした。おせんは座敷に横になって酔いが醒《さ》めるのを待った。

「飲ませたのはお父ちゃんだよ。帰りはおぶって行き」

おゆみが詰るように言う声も遠く聞こえる。

「よく、今まで嫁にも行かずに独りでがんばっていたこと」

おさとはそう言って、涙ぐむ。

おゆみの小さな手がおせんの両頬を挟む。少し熱い手だ。

「小母さん、うちのお母ちゃんになるし。うち、ほんま嬉しいねん。また、お父ちゃんにうどん拵えてもろて、皆して食べよ。うどん、おいしかったやろ」

うんと肯いて、おせんはおゆみの手に自分の手を重ねた。心地よさがおせんを包む。いつまでもそうしていたかった。

「もうちょっと寝かせてね。すぐに、しゃんとなるから」

おせんはそれだけ言って眼を閉じた。窓越しに夕陽が射し込んでいる。眼を閉じても茜《あかね》色が瞼《まぶた》に感じられる。その茜色の中を真っ黒いおはぐろとんぼがすばやく掠め通ったような気がした。

日向雪《ひなたゆき》

源兵衛堀

一

母親が亡くなったと長兄の松助《まつすけ》が知らせにやって来た時、梅吉《うめきち》は中之郷瓦町《なかのごうかわらちょう》の窯場《かまば》で火入れをしている最中だった。梅吉は、ぽかんと口を開けて松助の話を聞いた。すぐには実感が湧《わ》かなかった。母親のおまさは数年前より心《しん》ノ臓《ぞう》の病で床《とこ》に就《つ》いていたから、そう長くは生きられないだろうと覚悟していたが、まさかこれほど早く逝《い》くとは思ってもいなかった。最初、松助が自分をかついでいるのではないかという気もした。梅吉は、しばらく窯の火が燃える様子に耳を澄ますようなふりをして黙っていた。

梅吉は瓦職人だった。十二の時から助次郎《すけじろう》窯に奉公して、そろそろ六年が経《た》つ。真面目《まじめ》に仕事をする梅吉に親方の助蔵《すけぞう》も目を掛けてくれ、昨年から火入れを任せられるようになった。助次郎窯は助蔵の祖父が興《おこ》した窯場である。祖父の名に因《ちな》んで、今でも助次郎窯と呼ばれている。瓦焼きは大川《おおかわ》を挟《はさ》んだ対岸の今戸《いまど》が有名だが、中之郷瓦町も地の利に恵まれ、瓦焼きが盛んだった。

幕府が防火のために瓦屋根を奨励するようになってから、助次郎窯の仕事はさらに忙しくなった。

粘土で固めた瓦を窯に入れ、火を点《つ》けると三日三晩は薪《まき》を燃やし続けなければならない。窯の傍《そば》に設《しつら》えてある掘っ立て小屋で仮眠を取りながら、焼き上がりを待つのである。

だから、その時の梅吉は母親が死んだことより、窯から離れなければならないことが気掛かりだった。どうしたらいいものかと。

「梅吉、四の五《しご》の言ってる場合じゃねェよ。早くお袋さんの傍に行ってやんな」

陶工《とうこう》の春次《はるじ》という三十の男が思案顔をしている梅吉に、すぐに言った。春次は自分の窯を持っていないので、助次郎窯の手伝いをする代わりに自分が作った茶碗《ちゃわん》や小皿、瓶《かめ》などを焼かせて貰《もら》っていた。それを市中に売り歩いて生計を立てている。

「でも……」

助次郎窯の職人は、そう多くはない。分担で仕事をしていたので、梅吉が抜けるとなると、他の職人に迷惑が掛かる。まして火入れをしている最中だったので、あとひと晩は窯の前についていなければならないのだ。

「なあに、おれがちゃんとやるから心配すんな。事が事だから、こんな時は親方にも手伝って貰うわな」

　春次は鷹揚《おうよう》に言った。慌てて母屋《おもや》へ行き、助蔵に事情を伝えると、助蔵も悪い顔はせず、すぐに帰《け》ェんなと言ってくれた。

　普段寝泊りしている部屋で着替えを済ませると、外で待っていた松助とともに梅吉は実家のある小梅村《こうめむら》へ向かった。

「竹蔵《たけぞう》の居所《いどこ》を知らねェか」

　歩きながら松助が訊《き》いた。竹蔵は梅吉のすぐ上の兄だった。梅吉は八人きょうだいの六番目で三男に当たる。

「知らねェ」

　梅吉は、つい、ぶっきらぼうな返答になる。

　松助は大袈裟《おおげさ》なため息をついて、少し曇っている空を見上げた。霜月《しもつき》の江戸は冷え込みが少しきつくなってきたが、まだ雪の降る様子はなかった。

「この前、あいつに会ったのはいつよ」

　松助は唇を嚙《か》み締めている梅吉の横顔を見つめた。

「ふた月ほど前の晦日《みそか》だ。おいらが給金を貰う時を狙《ねら》って現れた。全く、やってられねェよ。ずっと見習いで小遣いにも不自由して暮らしてきたんだ。ようやく雀《すずめ》の涙ほどの給金が貰えるようになったと思ったら、それを当てにして無心するのよ。あんちゃん、最初なんざ、竹蔵は親方をだまくらかして、おいらの給金を持って行ったんだぜ。他《ほか》の職人達が給金を貰って、喜んでヤサ（家）に帰ェって行くのに、待てど暮らせどおいらには声が掛からなかった。たまりかねて催促すると、お前《め》ェの兄貴が昼間にやって来て、梅吉に言われているんで手前ェが取りに来ましたと、しゃらりと言ったんだと。おいら、目の前が真っ暗になったような気分だった」

「ひでェことをする野郎だ」

松助は俯《うつむ》いて低い声で言う。

「おっ母《か》さんが病で寝ているから、給金を貰ったら薬代を幾らか届けようと思っていたのに。あの時ほど腹が立ったことはねェよ」

「だな」

「賭場《とば》で借金を拵《こしら》え、その金がなけりゃ、大川に簀《す》巻《ま》きにされてドブンだったと後で言い訳したよ。涙を浮かべてな。だが、次の晦日にはまたやって来た。親方には兄貴がうまいことを言っても決して金は渡してくれるなと釘《くぎ》を刺しておいたから大丈夫だったが、おいらの仕事が終わるまで、じっと窯場の外で待っていやがる。おいら、手前ェが悪くねェのに、仲間に話して部屋の押入れに、じっと隠れていたものよ」

「すまなかったな」

「あんちゃんが謝ることはねェよ。悪いのは竹蔵だ。いっそ、おいらは竹蔵ときょうだいの縁を切りてェと思っている」

「おれも同じよ。平気な顔でおれの所にやって来て、米や青物を持って行くわな。おっ母さんだけは竹蔵に甘《あ》めェから、黙って持たせていたけどよ」

「そのおっ母さんも死んで、竹蔵の味方は誰一人いなくなった。ざまァ、みさらせってなもんだ」

松助の前では梅吉も、つい本音が出る。

「いったい、いつになったら目が覚めるんだか」

松助は独り言のように呟《つぶや》き、またため息をついた。

竹蔵は梅吉より二つ年上の二十歳《はたち》になる。

実家は小さな農家で、細々と喰《く》い繋《つな》いでいたありさまだったから、田圃《たんぼ》と畑は長男の松助に任せ、竹蔵と梅吉はよそへ奉公に出たのだ。竹蔵が最初に奉公したのは山谷《さんや》堀《ぼり》の舟宿《ふなやど》だった。

山谷堀の舟宿は吉原《よしわら》通いの客が利用することが多い。

客によっては法外な祝儀をつける者もいた。

竹蔵は如才ない男だったので客にも可愛《かわい》がられ、実入りは多かったようだ。その実入りの多さが躓《つまず》く元だった。女を買ったのも十四歳だったという。身のほど知らずにも吉原の小見世《こみせ》の妓《おんな》に惚《ほ》れ込み、すったもんだの挙句、奉公していた舟宿を首になった。それからは坂道を転がるように竹蔵の暮らしは荒《すさ》んでいった。

今は両国広小路《りょうごくひろこうじ》辺りで岡場所《おかばしょ》の妓夫《ぎゆう》(客引き)をしているという。客の派手な金の遣いっぷりを見ている内、金に対する感覚もまともでなくなってしまうのだろうか。竹蔵は友人達にも気前よく奢《おご》っていたらしい。回が重なれば友人達は奢られることを当たり前のように考えてしまう。懐《ふところ》具合が悪くても竹蔵はいやと言えない質《たち》だった。それも借金を増やしてしまう原因だったようだ。

「きょうだいがたくさんいれば、一人や二人は、まともでねェ者が出る。おれんちは、それが竹蔵なんだろうよ」

松助は諦《あきら》めの交じった口調で言った。

「おいらは何んとか断れるが、与吉《よきち》とおとめは、この先どうなるんだよ。おいらは、それが心配なのよ」

梅吉の弟の与吉は十五歳で、松助を手伝って田圃の世話をしている。竹蔵と梅吉の口が減ったので、与吉まで奉公に出なくてよくなったのだ。それには梅吉も賛成だった。松助一人で田圃と畑を切り回すのは無理だ。

だが、松助の子供達が大人になれば、与吉も身の振り方を考えなければならない。さしずめ、与吉はよその農家に婿入りすることになるだろう。末っ子の十二歳になるおとめだって、あと四、五年もすれば嫁入りの時期を迎える。

「姉ちゃん達も、竹蔵の名前は聞きたくないって言っているよ。竹蔵が無心するんで、姑《しゅうとめ》に、さんざん嫌味を言われたらしいからよ」

梅吉は胸の内をぶちまけるように続けた。

長女のおといと次女のおふくは松助の姉で、松助の下におすてがいた。おとみは深《ふか》川《がわ》の佃《つくだ》煮屋に嫁ぎ、おふくは本所の大工と一緒になっている。おすては近くの農家に嫁いでいた。

この三人の家にも、竹蔵は順《じゅん》繰《ぐ》りに廻《まわ》って無心していた。

「いったい竹蔵は、何んでそんなに金がいるんだよう。手前ェの稼ぐもので間に合わせられねェのかよ」

「女郎屋の妓夫の給金なんざ、高《たか》が知れている。それより、きょうだいに無心して手っ取り早く金を手にする方が楽だからよ」

応《こた》えた松助の声が、やるせなく聞こえた。

二

小梅村の実家に戻ると、母親のおまさは仏間に寝かされていた。その周りに知らせを受けて駆けつけたおとみとおふくが手巾《しゅきん》で眼を拭《ぬぐ》っていた。おっ母さんの頭はこんなに白くなっていたのかと、梅吉は改めて気づいた。顔が白いきれいで覆われていたので頭の白髪ばかりが眼についた。

「梅吉、ささ、こっちへおいで。仕事の方は大丈夫だったかえ」

二十七歳になる長女のおとみが優しく梅吉を促《うなが》した。

「ああ。親方に断ってきたから」

「そうかえ……」

おまさの傍に両膝《ひざ》を摑《つか》んで座ると、自然に目頭が熱くなった。八人の子供を育てる合間、おまさは田圃や畑に出て、朝から晩まで働いていた。父親が早くに死んでいるので、残された子供達を食べさせるために必死だったのだ。まるで苦労をするために生まれてきたような女だった。親孝行らしいことは一つもしない内に逝かれるのは、やはり梅吉にはこたえた。

「明日はお通夜で、明後日に檀那寺《だんなでら》へおっ母さんを運ぶことになったよ。梅吉、それまでいてくれるかえ」

おとみは潤んだ眼をしながら訊く。母親の死を悲しみながらも、さり気なくきょうだいの都合を気にするのは、さすがに長女である。

「初七日までは、ここにいるつもりだ」

「そう、ありがと。助かるよ」

「竹蔵は？　知らせていないのかえ」

次女のおふくが梅吉に訊いた。子供の頃、梅吉は竹蔵と一番仲がよかった。そう訊かれるのも無理はない。梅吉は力なく首を振り、「居所がわからねェのよ」と応えた。

「しょうがない男だね。無心する時だけ姿を現して、後はなしのつぶてだなんて」

「竹蔵のことはいい！」

松助が甲高い声を上げた。おふくは驚いたようにおとみと顔を見合わせた。

近所の者も続々と悔やみに訪れ、梅吉は邪魔になるので、外に出た。弟の与吉も梅吉の後についてきた。梅吉が助次郎窯に奉公に出た頃、与吉は、まだほんの子供だった。しばらく見ない内に背丈も伸び、顔つきも大人っぽくなっている。

「ずい分、でかくなったな。おいらより背が高《た》けェんじゃねェか」

梅吉はそんなことを言って、与吉と背比《せいくら》べをした。与吉の方が、ほんの少し高かった。梅吉が悔しがると、与吉は照れたように笑った。

「おっ母さんが死んで、寂しいか？」

そう訊くと、与吉は黙ったまま肯《うなず》く。実家の目の前は曳舟川《ひきふねがわ》で、その向こうに田圃が拡《ひろ》がっている。刈り入れを終えた田圃は赤茶けた色をして、所々、稲藁《いねわら》の束が小山を築いていた。

「稲刈りの忙しい時期を外して死ぬなんざ、おっ母さんらしいよ。ちゃんと皆《み》んなに迷惑が掛からないように考えてくれたんだな」

梅吉は独り言のように呟いた。満々と水を湛《たた》えた曳舟川の水は青黒く見えた。亀有《かめあり》村《むら》方面からの物資の輸送に利用されている川である。この川は田圃に水を引く役目も担《にな》っていた。曳舟川は源兵衛堀《げんべえぼり》と大横川《おおよこがわ》の交わる場所で堀留《ほりどめ》となっている。源兵衛堀は梅吉の働く助次郎窯のすぐ傍を流れている。源兵衛堀のことを思い浮かべると、ふと、途中で放り出した仕事のことが気になった。春次と親方はうまく始末をつけてくれるだろうかと。

もの思いに耽《ふけ》る梅吉に与吉は「竹蔵は来ねェのか」と、唐突に訊いた。

「あんな業晒《ごうさら》し、来るもんか」

「深川の門前仲町《もんぜんなかちょう》の相馬屋《そうまや》という見世に訊けば、居所は知れると思うが」

「お前ェ、竹蔵の居所を知っていたのか」

梅吉は驚いて与吉を見つめた。両国広小路辺りにいるとばかり思っていたが、実際は深川だったらしい。

「前にそう聞いた」

「通夜は明日だ。おいらは行くつもりはねェが、お前ェがいやじゃなかったら知らせてやんな」

「うん」

応えた与吉の表情が明るくなった。

「何んだ、お前ェ、竹蔵が好きなのか」

梅吉は少し皮肉を込めて訊いた。

「あんちゃんや姉ちゃん達は悪く言うが、竹蔵はうちへ来ると、時々、おいらに小遣いをくれた」

与吉は言い訳するように言った。その小遣いの出所に与吉は思いが及ばないらしい。

「そうか。竹蔵はお前ェには、いい兄貴だという訳だな。そいじゃ、なおさら迎えに行ってやんな」

梅吉は声音を和らげて言った。

「じゃ、ひとっ走り行ってくるわ」

与吉は、にッと笑って業平橋《なりひらばし》へ向かった。首尾よく与吉が竹蔵に会えたとしても、小梅村に着くのは夜になるだろうと思った。

久しぶりに竹蔵に会うのに、やはり梅吉は懐かしさより煩《わずら》わしさが勝《まさ》っていた。

おとみとおふくは、一旦《いったん》、婚家に戻り、翌日喪服の用意を調《ととの》えて改めてやって来るという。台所では三女のおすてが通夜の後に客へ出す煮しめを拵えていた。残ったきょうだいは塩鮭《しおざけ》と漬け物で晩めしを済ませ、おまさの枕許《まくらもと》の線香の煙が途絶えないように気を遣っていた。

おまさは自分も貧乏をしていたくせに、人の面倒見がよく、近所に病人が出ると、進んで世話をしていた。おまささんには大層世話になったと、そういう人達から涙交じりに礼を言われると、きょうだいは誰しも胸がいっぱいになった。働くばかりが取り柄《え》で気の利いたことのひとつも言えない田舎者《いなかもの》に見えていたが、実際のおまさは近所の人々にも優しく振る舞う徳のある女だったのだ。それが梅吉には誇らしく思えた。

「手前ェの腹が減っていても、おっ母さんは困っている人を見ると知らぬ振りができなかったのよ。こっそり握りめしと漬け物を運んでいたわな」

松助は潤んだ眼をして言った。

「他人様にもそうだったから、まして竹蔵には邪険にできなかったんだよ」

煮しめもでき上がり、ひと息ついたおすては茶を淹《い》れて言った。おすての嫁ぎ先は実家の近所なので、遅くなっても大丈夫だった。

「竹兄ちゃん、来るかな」

おとめは、生まれて三ヵ月にしかならない松助の息子の貞吉《さだきち》を抱きながら訊く。松助の子供は三人いる。貞吉の上は三歳のおよしと、五歳のおきみという女の子だ。上の子供達は客が来て疲れたのか、早々に蒲団《ふとん》に入っていた。

「よっちゃんが迎えに行ったんだろ？　母親が死んだと聞けば、駆けつけて来るはずだよ」

松助の女房のおかねは梅吉に沢庵《たくあん》を盛った丼《どんぶり》を勧めながら応えた。おかねはおすてと同い年の二十二歳である。早い話、おかねとおすては子供の頃からの友達だった。

「やけに遅い。もう、五つ（午後八時頃）になるよ」

おすてが心配そうに家の土間口へ眼を向けた。その拍子に建て付けの悪い油障子が乱暴に開き、竹蔵が姿を現した。噂《うわさ》をすれば何んとやらである。後ろから与吉が、おずおずした表情で続いた。

「おっ母さん！」

竹蔵は切羽詰まった声を上げ、まっすぐ仏間に向かった。おまさの亡骸《なきがら》を見て、竹蔵は男泣きした。その仕種《しぐさ》が芝居掛かって見え、梅吉は白けた。

「ご苦労だったな」

梅吉は与吉の労をねぎらった。与吉は唇を歪《ゆが》めるようにして笑った。

竹蔵はひとしきり泣くと、新しい線香に火を点けてから茶の間の囲炉裏の傍にやって来て、いきなり丼から沢庵を摘《つま》んだ。

「お腹《なか》が空《す》いているのかえ」

おすてが気を遣う。おかねは黙って二人の様子を窺《うかが》っていた。幾ら姑の弔《とむら》いでも、人数が増えれば米も減ると思っている顔だ。竹蔵はそんなおかねに頓着《とんじゃく》せず「腹ペコでェ。何か喰わせてくんな」と、笑顔で言った。

「ちょうど煮しめができたところだ。与吉と一緒にお食べ」

自分の家の竈《かまど》ではないので、おすては気軽に言う。おかねが一瞬、強い眼でおすてを見たが、何も言わずお櫃《ひつ》の蓋《ふた》を開けた。中には、あまりめしが残っていなかったらしい。

「あら、どうしようかねえ。一膳《ぜん》ずつしかないよ。それでいいかえ」

おかねは一応、申し訳なさそうに言った。

「義姉《ねえ》さんも気が利かねェなあ。人が集まる時は、めしぐらい、たんと炊いておけよ」

竹蔵の言葉におかねはむっとした顔になり、ものも言わず台所に行き、竈の上の釜を取り上げた。新たにめしを炊くつもりらしい。

「おかねちゃん。どうせ明日の朝もごはんを炊かなきゃならないから、今夜だけは竹蔵に我慢して貰うよ」

おすてが慌てて追い縋《すが》った。

「でも……」

おかねは迷った様子で竹蔵を見た。

「義姉さん、竹蔵に喰わせてやんな。おいらは今日、仕事をしなかったから、別に腹は減っていねェ。沢庵と茶を飲むだけでいいよ」

与吉は竹蔵を庇《かば》うように言った。

「悪いな」

竹蔵は意に介するふうもなく、にッと笑った。梅吉はそっと傍を離れ、仏間に移った。

竹蔵と話をする気が起きなかった。母親の弔いに来るというより、晩めしを喰いに来たつもりかと、怒りが込み上げた。

与吉は茶を飲むと梅吉の傍にやって来た。

「すぐに竹蔵と会えたのか」

梅吉は低い声で訊いた。

「いいや。竹蔵は見世にはいなくて、冬木町寺裏《ふゆきちようてらうら》のヤサにいた」

「何んだ、相変わらず仕事をうっちゃらかして、ヤサでふて寝していたのか」

梅吉は呆《あき》れ顔になった。

「ちょいと違うよ。竹蔵のヤサに女がいた」

「ええッ？」

竹蔵は仕事もせずに、女といちゃついていたというのか。とんでもないと、また腹が立った。だが、与吉は「あのな、その女、病みてェだった。ごほんごほんと咳《せき》をしていたよ」と応えた。

「どういうことよ」

「竹蔵はその女の面倒を見ているのよ」

「……」

「知らねェ顔だった。竹蔵はおしずと呼んでいたよ。梅吉は心当たりがあるか？」

「いや……」

「おいら、ふと思ったのよ。その女の薬料のために竹蔵は姉ちゃん達に無心していたんじゃねェかと」

「ばかばかしい。竹蔵の女のために、どうしてきょうだいが金を出さなきゃならねェのよ。そういうことなら、竹蔵はなおさら働かなきゃならなかっただろうが」

「だって、看病があれば……」

「おきゃあがれ！」

梅吉は癇《かん》を立てた。茶の間の者が一斉にこちらを振り向いた。

「梅吉、こんな時にきょうだい喧嘩《げんか》するな」

松助が叱《しか》った。

「いや、喧嘩じゃねェ。心配しなくていいぜ」

梅吉はそう言っていなした。竹蔵は何事か感じたらしく「与吉、余計なことは喋《しゃべ》るなよ。どうせ梅吉は手前ェのことが精一杯で、何をしてくれる訳じゃなし」と、皮肉交じりに言った。助次郎窯を訪れ、すげなく追い返された恨みがこもって聞こえた。

「何が言いてェのよ。え？　竹、はっきり喋ったらどうなんだ」

梅吉は立ち上がり、竹蔵に凄《すご》んだ。

「おれがとことん困っていても、お前ェは鐚《びた》一文も恵んでくれねェ薄情者の弟じゃねェか。そんな者にあれこれ言っても始まらねェわ」

「何んだとう！」

「およし、梅吉」

おすてが制したが、頭に血が昇った梅吉は黙っていることができなかった。

「おいらが初めて親方から給金を貰った日のことを、お前ェはまさか忘れていねェだろうな。え？　どういう了簡《りょうけん》でおいらの給金を横取りしたのよ。皆んなのいる所で、とくと聞かせてくんな」

「梅吉、済んだことはもういいじゃねェか。たかが二分のはした金でよう」

竹蔵がそう言った途端、梅吉は竹蔵にむしゃぶりついていた。だが、世の中の裏道を歩いて来たような男に、所詮《しょせん》、梅吉は勝ち目がなかった。あえなく殴り返されてしまった。

驚いた貞吉は火が点いたように泣いた。おとめは、そっと茶の間から奥の間へ移った。

松助が間に入って、ようやく事態は収まったが、それを機に竹蔵は、今度は松助に向き直った。

「あんちゃん、この際だから言わせて貰うぜ。おっ母さんが死んで、田圃と畑はあんちゃんのものになった。それでよう、形見分けに幾らかおれにもよこしてくんねェか」

「罰当《ばち》たり！　まだ、おっ母さんの弔いも済んでいないのに」

たまりかねておすてが口を挟んだ。

「おっ母さんには、さっき別れを言ったよ。明日の通夜は、どうせ愚《ぐ》にもつかねェ坊主の経《きょう》を聞くだけだ。そんなのまっぴらでェ。おれも忙しいんだ。今夜は泊らせて貰うが、明日の朝は帰《け》ェるよ」

「何んて男だ」

松助が吐き捨てた。

「病持ちの女がそれほど大事か」

唇の端を切った梅吉が、それでも気丈に悪態《あくたい》をついた。ふん、と竹蔵は苦笑した。

「お前ェにゃ、おれの気持ちはわからねェよ」

「ああ、わからなくて結構だ。わかりたくもねェ。他のきょうだいはともかく、おいらはお前ときょうだいの縁を切りてェと思っている」

「上等じゃねェか。お望み通り、きょうだいの縁を切ってやらァな。そいじゃ、手切れ金というものも用意してくんな」

竹蔵はふてぶてしく言った。

「金、金って、何んなのよ、あんたは」

おすてが金切り声で叫んだ。

「この世は金よ。それ以上でもそれ以下でもねェわ」

竹蔵は捨《す》て台詞《ぜりふ》を吐くと、茶の間の隅に行ってごろりと横になった。実家にいた頃、竹蔵の寝場所は、もっぱらそこだった。

おかねは押入れから煎餅《せんべい》蒲団を引っ張り出すと、そっと竹蔵の身体《からだ》に被《かぶ》せた。

「義姉さん、すまねェな」

その時だけ、竹蔵は殊勝《しゅしょう》に言った。後に残ったきょうだいは、言葉もなく、仏間の母親に時々視線を向けているだけだった。

三

翌朝、梅吉が眼を覚ました時、すでに竹蔵の姿はなかった。母親の葬儀もうっちゃらかしてあの親不孝者、と梅吉は胸で悪態をついていた。

竹蔵に殴られた顔が腫《は》れて痛んだが、とり敢《あ》えず顔を洗うために庭の井戸へ行くと、洗い物をしていたおかねが「よく眠れたかえ」と訊いた。

「ああ」

「何んだかゆうべより顔が腫れているよ。痛むかえ」

おかねは気の毒そうな表情だ。

「大丈夫だよ」

「竹ちゃんね、今夜は客が大勢来るだろうからって、土間口前をきれいに掃除してくれたんだよ。弔いには出られないけど、これで勘弁してくれって。物置の前に出していた道具も片づけてくれたよ」

おかねは嬉《うれ》しそうに言う。ほんの罪滅ぼしのつもりなのだろうか。梅吉は妙な気分だった。

「本当は、おっ姑《か》さんの弔いが終わるまで、こっちにいたかったのかも知れない。そうできない事情があるんだよ、きっと」

おかねは竹蔵を慮《おもんぱか》る。梅吉は房楊枝《ふさようじ》で歯を磨きながら、それは病の女のせいだろうかと考えていた。

「だけど、弔いが済んだら、やっぱり幾らかよこせと言ってくるんだろうねえ」

おかねは暗い顔になって続けた。

「幾らかよこせと言ったところで、田圃を分けられる訳もねェよ。ばか者をたわけって言うのは、田圃を分けることからきているんじゃねェのか」

手拭いで口許を拭って言うと、おかねは、うふふと笑い「それは意味が違うと思うけど」と言った。

「香典がいっぱい集まりゃ、竹蔵に幾らか渡せるだろうが、それにしても、これから彼岸だ盆だと、あんちゃんは寺に納める金がいるだろう。墓守《も》りは存外、金が掛かるものだ」

「ええ。でも、竹ちゃんに理屈は通用しないから、うちの人も何か考えると思う」

おかねはそう言ってため息をついた。

竹蔵がいないせいでもなかったが、葬儀は何んとか滞《とどこお》りなく終わり、おまさを檀那寺の正圓寺《しょうえんじ》に葬ることができた。通夜には梅吉の親方の助蔵も訪れ、過分な香典を包んでくれたのが梅吉には嬉しかった。

初七日の法要を済ませると、梅吉は中之郷瓦町に戻った。母親が死んだことに一抹《いちまつ》の寂しさがあったが、梅吉には、しなければならない仕事があった。しばらくは仕事に没頭して、母親のことも竹蔵のことも考えないようにしていた。

竹蔵が再び助次郎窯を訪れたのは大晦日の前日だった。窯場の大掃除をして、窯には注連縄《しめなわ》が張られた。その前に職人一同が集まり、来年も恙《つつが》なく仕事ができるよう祈願する。助次郎窯の恒例の行事だ。

その後で助蔵から酒と、ささやかな肴《さかな》を振る舞われた。それから三が日までは助次郎窯も休みになる。職人達は給金袋を携《たずさ》え、三々五々、自分達の家に帰って行った。皆、ほっとした表情だった。これで正月が越せると。

梅吉も肴の残りの昆布巻きや蒲鉾《かまぼこ》を杉折に詰め、小梅村に向かうため外に出た。出た途端、金縛《かなしば》りに遭ったような気持ちになった。竹蔵が正面口に、つくねんと立っていたからだ。

竹蔵は梅吉に気づくと卑屈な笑みを洩《も》らした。

「これから小梅村に帰ェるのか」

「ああ」

応えたが、梅吉は自然に奥歯を噛み締めていた。

「悪いが少し工面してくんねェか。米屋も炭屋もツケが溜《た》まってよう、にっちもさっちもいかねェのよ」

「知らねェよ。お前ェとはきょうだいの縁を切ったつもりだ。もう、よしにしてくんねェ」

梅吉は自分でも思わぬほど冷たい言葉が出た。ろくに顔も洗っていない様子の竹蔵は月代《さかやき》も伸び、無精髭《ぶしょうひげ》が目立つ。年中、金の工面ばかりを考えているせいか、まだ二十歳だというのに、十《とお》も老けて見える。

「そんなこと言わずに、よう、後生だ、二朱でいいから」

二朱は一両の八分の一である。しかし、その二朱を稼ぐために梅吉は何日も窯場で働かなければならないのだ。

「お前ェ、あんちゃんから幾らか貰ったんだろ？　その金はどうしたよ。もはや遣い果たしたというのか」

梅吉は醒《さ》めた眼を竹蔵に向けた。

「与吉から聞いているだろうが、おしずという女と暮らしている。そのおしずが病に罹《かか》ってな、薬料がばかにならねェのよ」

「今まで姉ちゃん達やあんちゃんに無心していたのは、その女のためだったのか」

「ああ、面目ねェが」

「それほど惚れているのか」

そう言うと、つかの間、竹蔵の眼に憎しみの色が浮いた。

「そいじゃ、この先も、そのおしずという女のためにお前ェはきょうだいに無心をするという訳だな」

梅吉は呆れた表情で続けた。竹蔵は言葉に窮した。

「そういうことなら、ますます金を出すつもりはねェよ。切りがねェわな。ささ、おいらは急いでいるんだ。邪魔しねェでくんな」

梅吉は吐き捨てるように言って、小走りに竹蔵の傍から離れた。竹蔵は追って来なかった。

しばらくして振り向くと、竹蔵は塀に寄り掛かったまま、遠ざかる梅吉をじっと見つめていた。哀れな気もしたが、ここで仏心を起こしたら、竹蔵はまたぞろ梅吉を当てにするだろう。きっぱり断った方がいい。梅吉は胸で強く思った。

小梅村の実家では、おまさが亡くなったばかりなので、年始の客もなく、梅吉はいつもの正月より、ゆっくり休むことができた。

竹蔵の話題が出ることはなかった。松助もおかねも竹蔵の話を避けていたようなので、梅吉も敢えて口にしなかったというのが正直なところだろう。

そうして三が日はまたたく間に終わり、梅吉は助次郎窯に戻り、相変わらず粘土で瓦を拵えては窯で焼くという毎日を繰り返していた。

江戸の建物の屋根は瓦葺《ぶ》き、茅《かや》葺き、藁《わら》葺き、板葺きなどがある。幕府が防火のために瓦葺きを奨励していると言っても、瓦葺きは商家や武家がほとんどで、裏店《うらだな》や町家は板葺きが多かった。瓦は重量があるので、瓦葺きにするためには建物すべてを頑丈に造る必要があったからだ。梅吉の実家も瓦葺きではなく、藁葺きだった。費用の関係で店の表側を瓦葺きにし、裏側を板葺きにする「半瓦」の商家も少なくなかった。

助次郎窯で焼く瓦は釉薬《ゆうやく》瓦といぶし瓦である。釉薬瓦は瓦の表面に釉薬を掛けて焼く。

あるいは、釉薬を使わず素焼きし、ある時間になると塩を入れて赤褐色の瓦にすることもある。

いぶし瓦は半枯れの松葉でいぶして、表面を黒っぽい銀色にしたものだ。いぶし瓦は仕上げに磨きを入れて光沢を出す場合と出さない場合があった。

一見、同じように見える瓦屋根も実は結構種類があるのだった。

陶工の春次は塩を入れて赤褐色にする塩焼瓦が得意だった。梅吉は何度教えられても、塩を入れる機会が呑《の》み込めなかった。

「ま、こいつは年季よ。その内に自然に覚えるもんだ」

春次は屈託のない表情で梅吉に言った。

「どうして塩を入れると赤くなるんでしょうね。おいらは不思議でたまりませんよ」

「焼き物は窯から出すまでわからねェから、おもしろいのよ。そう思わねェか」

「まあ、そうですけど、春次さんは丼や皿やいろんな物を拵えるからいいですよね。おいらは年がら年中、瓦だけだから」

「そう言うなって。瓦だって色々あらァな。ためしに手前ェで工夫してみな。今までとは違った瓦ができるかも知れねェよ。酔狂な客が喜んで買うかもな。そうなったらお前ェ、金ががぼがぼ入ってくるわな」

春次は冗談めかして言う。

「そんなこと、あるわきゃねェですって」

梅吉は苦笑して鼻を鳴らした。

「ま、余計なことを考えずに瓦ひと筋ってのが職人として利口かも知れねェが」

春次の言葉が低くなった。春次は若い頃、名のある陶工の許で修業していたが、師匠の娘と相惚《あいぼ》れになり、手に手を取って駆け落ちしたという。それから暮らしのために庶民が普段使いする食器を焼くようになったのだ。

そんな話を火入れの合間に聞いていた。春次の表情が曇ったのは、若い頃の向こう見ずな自分を思い出したせいだろう。

「でも、おかみさんと一緒になって後悔していねェんでしょう?」

梅吉は悪戯《いたずら》っぽく訊いた。

「今さら後悔しても始まらねェわ。ただな、うちの嬶《かか》ァは、おれが拵えた物を見て、時々ため息をつくことがあるのよ。そん時、おれはて、て親の腕と比べているんだなって思うのよ。嬶ァは焼き物を拵える腕はねェが、眼は肥えているからよ」

「そんなおかみさんもやり難《にく》いですね」

「ああ、やり難いよ」

「でも、春次さんはおかみさんのために名高い陶工になる道を捨てた……おいらにとっちゃ、ちょいと粋《いき》な話に思えますよ」

「生意気言うない。その内、お前ェにも惚れた娘ができりゃ、おれの気持ちもわかるというもんだ」

「そうですかねえ」

「ほれ、『ひき舟』のおちよ坊はどうよ。お前ェに、まんざらでもねェ面《つら》をしているぜ」

ひき舟は中之郷瓦町にある一膳めし屋だった。夜は酒も出すので、仕事帰りの瓦職人達がよく集まっている。おちよはひき舟の主《あるじ》の娘で、店を手伝っていた。春次の勘は当たっていたので、梅吉は内心、どぎまぎした。梅吉は何度かおちよと一緒に縁日に行ったことがあるからだ。だが、将来、一緒になろうという話は、まだしていなかった。

「もう、からかうのはよして下せェ」

梅吉は慌てて春次を制した。春次は愉快そうに声を上げて笑った。

おちよの話をしたせいでもないが、梅吉はその夜、仕事を終えた後に、おちよの店を訪れた。ちろりの酒を舐《な》めるように飲み、合間におちよと眼を合わせ、埒《らち》もない会話を交わす。それが梅吉にとって、ささやかな倖《しあわ》せだった。

ひき舟は源兵衛堀の中間にある橋の袂《たもと》にあった。縄暖簾《なわのれん》を掻《か》き分けると、おちよはすぐに梅吉に気づき、飯台《はんだい》の隅の席に促した。

「お久しぶりね。今夜はどうした風の吹き回しだろ」

おちよはしばらく顔を出さなかった梅吉に、ちくりと皮肉を言った。えんじ色の入った縞《しま》の着物に茜襷《あかねだすき》、友禅《ゆうぜん》の前垂れを締めたおちよは、十六歳ながら客あしらいに長《た》けていた。

利かん気な性格なので、梅吉に対しても遠慮のないことを言う。

「霜月にお袋が死んでよ、それから何んだかばたばたしていたわな。ここのことは気にしていたんだがよ」

梅吉は他の客の視線を気にしながら言った。

店では他の窯場の職人達が小上がりで機嫌よさそうに酒を酌み交わしていた。

「それは知っていたよ。この度は本当にご愁傷様」

おちよは、その時だけ気の毒そうに頭を下げた。

「なあに。お袋はずっと寝たきりだったから、そう長くはないと思っていたんだよ」

「それでも辛《つら》かったでしょうね」

「だが、おちよちゃんの顔を見たら、何んだか元気が出た気がする」

「本当？　嬉しい」

おちよは無邪気な笑顔を見せた。

「おちよ。小上がりの魚が焼けたぜ」

板場にいたおちよの父親の芳蔵《よしぞう》が仏頂面で口を挟んだ。芳蔵は四十五歳で、おちよの兄の増吉《ますきち》と一緒に板場を取り仕切っていた。

増吉は松助と同い年の二十三歳だった。増吉は二年前に女房を持ち、去年、子供が生まれていた。

おちよの母親のおもんも店を手伝っているのだが、その時は姿が見えなかった。

芳蔵の態度が妙によそよそしかった。いつもなら「どうでェ仕事の按配《あんばい》は」とか「風邪《かぜ》を引いていねェか」とか声を掛けてくるのだが、その夜はなぜか梅吉を無視するように見えた。

「兄さん、親仁《おやじ》さんはご機嫌ななめかい」

増吉にそっと訊くと、増吉も曖昧《あいまい》な表情で「ま、まあな」と、そっけなく応えるだけだった。

居心地《いごこち》が悪いので、梅吉はさほど飲まない内に席を立った。店を出ると、おちよが後を追って来た。

「ごめんなさい。気分、悪くした？」

おちよは梅吉の顔色を窺う。

「今日の親仁さんは変だぜ。兄さんもはっきりしたことを言わねェし。おいら、何んかしたか」

梅吉は怪訝《けげん》な思いでおちよに訊いた。

「お父《と》っつぁんからは何も言うなって釘を刺されているんだけど……」

「だから何よ」

梅吉はおちよの話を急《せ》かした。おちよは、すぐには応えず、源兵衛堀の土手に上がった。

この辺りは地盤が低いので、洪水を防ぐため源兵衛堀の両側には土手が築いてある。さほど高い土手ではないが、それでも夜のこと、梅吉はおちよの足許が心配になった。

「危ねェよ」

そう声を掛けると、おちよは「平気」と、意に介するふうもない。梅吉は仕方なく後に続いた。源兵衛堀も夜の闇《やみ》に溶け、何も見えなかったが、水が流れる音は聞こえていた。

向こう岸は水戸《みと》侯《こう》の下屋敷である。時折、屋敷前を通り過ぎる人の提灯《ちょうちん》の灯《あか》りが蛍火のようにちらちら光った。

「大晦日の前の日に梅吉さんの兄さんが店に来たのよ。確か竹蔵さんって名前だったわね。ほっぺたに目立つ黒子《ほくろ》のある人でしょう?」

おちよは、ようやく重い口を開いた。

「竹が何しに来たのよ」

梅吉の口調が尖《とが》った。悪い予感に怯《おび》えてもいた。辺りが暗いので、自分の表情が、おちよに見えていないのが幸いだと思った。

「ええ。最初はおとなしく飲んでいたのよ。店には瓦職人さんも多いから、その内に竹蔵さんは助次郎窯の梅吉を知らないかと兄さんに訊いたのよ。兄さんは梅吉さんが時々店に来ると応えたの。すると竹蔵さんは、自分は梅吉の兄だと素性を明かしたの。そこまではいいのだけど、小半刻《こはんとき》（約三十分）ほどして帰る時、ひどく慌て出して、どうも紙入れを落としたらしいって言ったの」

その先は聞かなくても梅吉には察しがついた。

「勘定をツケにして、ついでに駕籠《かご》代も借りたんじゃねェか？　すぐに持ってくるような話をして」

梅吉は低い声で後を続けた。

「そう……」

おちよが肯《うなず》くと、梅吉は恥ずかしさで身体が火のようにほてった。よりによっておちよに身内の恥を晒さなければならないことが心底辛かった。

「堪忍してくれ。借りた金は晦日においらがきっと払うから」

梅吉は俯いて言った。

「梅吉さん。あたしは何んとも思っていないから。ね、あまり思い詰めないで」

おちよに慰められて梅吉はなおさら惨《みじ》めになった。もう、おちよとの仲は、これまでだろうと思った。おちよがよくても芳蔵が承知しない。竹蔵のような兄貴がいるとわかったら、所帯を持つ話はもちろん、つき合うだけでも反対するはずだ。

「堪忍してくれ」

梅吉はもう一度言うと、くるりと踵《きびす》を返していた。

「梅吉さん！」

おちよが甲高い声を上げたが、梅吉は振り向かなかった。まっしぐらに助次郎窯に走った。ちくしょう、ちくしょうと恨みの言葉を吐きながら。

四

二月の半ばに梅吉は深川の山本町《やまもとちょう》へ瓦の配達をするよう、助蔵から命じられた。山本町の質屋で改築工事があり、他の職人が注文された瓦を届けたのだが、工事の都合で不足が出たらしい。

梅吉は届け先が深川と聞いて、帰りに竹蔵の塒《ねぐら》に行くことを考えた。今後、自分の名を使って他人様に金を借りるなと言うつもりだった。

一月の晦日に、梅吉はひき舟に竹蔵の酒代と駕籠代を届けた。芳蔵は「別に梅ちゃんから払って貰うつもりはなかったんだが」と言ったが、ほっと安心したような顔をしていた。

それ以来、ひき舟には行っていなかった。

山本町の屋根屋に瓦を届けると、瓦を運んだ大八車《だいはちぐるま》を預かって貰い、梅吉は弟の与吉から聞いていた竹蔵の塒を訪ねた。

そこは仙台堀近くの冬木町の裏店だった。

日中でも、ろくに陽《ひ》が射《さ》さない路地の奥に立ち腐れたような裏店があった。どぶと厠《かわや》の臭《にお》いが強く鼻を衝《つ》いた。

竹蔵の塒は、店子《たなこ》が共同で使う厠の傍にあった。井戸端で洗い物をしていた女房に竹蔵の塒を訊くと「あんた、借金取りかえ」と睨《にら》まれた。

「いえ。おいらは竹蔵の弟です」

そう言うと、こめかみに頭痛膏《ずつうこう》を貼《は》った中年の女房は、ほっと安心して、奥の油障子を指差した。竹蔵が借金まみれなのは、裏店の住人達にも、とうに知られているらしい。

「ごめんよ」

油障子を開けて声を掛けたが、すぐには返答がなかった。部屋に続く障子が閉め切られていたので、中の様子はわからない。

「お留守ですかい」

もう一度声を掛けると、中から身じろぎするような気配があり「どなたさんでござんしょう」と、細い声がした。

「竹蔵の弟の梅吉と言いやす」

「あら……」

少し慌てた様子で、障子が開いた。中からほつれた髪の毛を撫《な》で上げるような仕種をして、細面《ほそおもて》の女が顔を出した。顔色は悪いが整った顔立ちをしている。若くは見えない。三十二、三という年頃か。

「あんたがおしずさんかい」

「ええ」

「竹蔵は？」

「ちょっと外に出てますが」

「相変わらず、あちこちに無心しているという訳かい」

梅吉は、つい意地悪な言い方になった。おしずは俯いて、しばらく何も喋らなかった。

中に入れとも言わないので、梅吉は上がり框《かまち》に、そっと腰を下ろした。

「竹蔵はあんたの薬料のために、きょうだいばかりじゃなく、他人様にも無心しているのよ。正直、迷惑している。そこんところをあんたは、どう思っているんですかい」

「申し訳ありません」

「病で金がねェのなら、小石川《こいしかわ》の養生所にでも頼った方がいいんじゃねェですかい。そうしたら、少なくとも竹蔵は働ける」

小石川の養生所は享保七年（一七二二）に開設され、貧しさのために医師の診察や薬が受けられない者に対して施療活動が続けられていた。

「それはわかっておりますが」

おしずは俯いたまま、親指で人差し指のささくれをいじりながら応える。

「このままじゃ、共倒れですぜ」

「梅吉さん。あたし達、ようやく一緒になれたんです。もう、離ればなれになるのはいやなんです」

おしずは顔を上げると、切羽詰まったような声を上げた。

「ようやく一緒になれた?」

梅吉は驚いておしずの言葉を鸚鵡《おうむ》返しにした。おしずはこくりと肯くと、今までの仔細《しさい》をぽちぽちと話し始めた。

竹蔵が山谷堀の舟宿に奉公していた頃、女がらみのごたごたを起こしていたが、その原因がおしずだった。おしずは吉原の小見世にいた妓だという。おしずも竹蔵のことで見世の主の怒りを買い、切見世《きりみせ》(最下級の遊女屋)に落とされた。

竹蔵が妓夫をしていた見世は、おしずが働く見世でもあった。惚れた女が客を取るのを竹蔵はどんな気持ちで見ていたのだろうか。

おしずが病を得て、ろくに客を取れなくなると切見世の主は別の見世におしずを売った。

竹蔵はおしずの後を追った。おしずの病は日に日に重くなり、とうとう深川の門前仲町にある相馬屋を最後にお払い箱となった。

相馬屋の主にすれば厄介払いを決め込んだものだろう。だが、竹蔵とおしずは涙をこぼして、これで晴れて一緒に暮らせると喜んだという。

竹蔵は何があってもおしずを守ると約束したそうだ。恥も外聞もなく無心していたのは、そういう事情があったからだろう。

にっちもさっちも行かなくなったら、手に手を取って死ぬ覚悟だとも、おしずは言った。竹蔵が、どうしてそんなに一人の女に惚れ込むことができるのか、梅吉にはわからない。だが、次第に竹蔵の一途《いちず》な気持ちが羨《うらや》ましく思えてきた。

梅吉は帰り際に、懐に持っていた五十文ばかりをおしずに与えた。おしずが、すばやくその金を引き寄せる仕種が悲しかった。普通なら、一応は遠慮するそぶりを見せるものだ。それほど二人の暮らしは追い詰められていたのだ。

梅吉はのろのろと大八車を引いて中之郷瓦町へ向かって歩いた。助蔵にどこで油を売っていたんだと怒鳴られるかも知れなかった。

怒鳴られたって構うものかと梅吉は思っていた。竹蔵に対する怒りは不思議なことに萎《な》えていた。竹蔵がただただ哀れだった。

二月の晦日に竹蔵がやって来たら、黙って幾らか渡そうと梅吉は決心していた。

だが、竹蔵は梅吉の前に姿を現さなかった。

二月の晦日はもちろん、三月に入っても音沙汰《おとさた》がなかった。

竹蔵に来られるのは迷惑だが、何も音沙汰がないのも気味が悪い。何んとか二人で食べているだろうと呑気《のんき》に考えることはできなかった。

五

桃の節句が終わり、中之郷瓦町もどことなく春めいて感じられたが、夜の風はまだ冷えびえとしていた。梅吉は瓦の火入れに入って二日目の朝を迎えていた。疲れが溜まって時々、ふっと気が遠くなりそうになる。それを堪《こら》えて、梅吉は窯に薪をくべ続けた。

窯場の外が妙に騒がしい。女の悲鳴も聞こえたので、何かあったらしい。陶工の春次が気になって様子を見に行った。粘土をこねていた職人達も一緒に出て行った。

しばらくして戻って来た春次は苦い表情をしていた。

「いやなもんを見ちまったぜ。心中よ。大川に身投げしたらしい。揃《そろ》いの浴衣《ゆかた》を着て、身体が離れねェように、しごきでお互いを縛っていたよ。だが、すっかり水膨れで人相もわからねェ。ありゃあ、身投げしてから何日も経っているな。上げ潮になれば枕橋《まくらばし》の辺りに流れてくるらしい。引き潮になれば新大橋《しんおおはし》へ戻る。三十町（およそ三キロ）も行ったり来たりしていらァ」

源兵衛堀は大川と繋がっている。その大川との境目に枕橋という橋が架かっていた。心中者は、その近くに浮いていたようだ。

梅吉は、つんといやな気持ちになった。もしやその心中者は竹蔵とおしずではないのかと。しかし、枕橋まで行って、それを確かめる勇気はなかった。

「梅吉さん！」

新しい薪を窯に放り込んだ時、おちよが荒い息をして窯場にやって来た。

「すぐに来て。心中した男の人、竹蔵さんに似ているのよ。ほっぺたに黒子があるのよ」

おちよも心中見物に行ったようで、興奮気味に叫んだ。その声があまりに大きかったから、梅吉は思わずおちよに平手打ちを喰らわせた。

「何しやがる」

春次は慌てて梅吉を制した。おちよは頰《ほお》を押さえて咽《むせ》んだ。

「すんません。つい頭に血が昇って……」

梅吉は俯いて固唾《かたず》を飲んだ。おちよの顔も春次の顔も、まともに見ることができなかった。

「梅、何ぐずぐずしている。早く確かめてこい。本当に兄貴だったら、戸板で運んできな。見世物じゃねェんだからな」

母屋から出て来た助蔵が、すかさず言った。

「すんません」

「兄貴はお前ェに引き上げてほしくて、枕橋までやって来たのかも知れねェよ。おう、手の空いている者は梅吉を手伝ってやんな」

他の職人達に命じる助蔵の声がありがたかった。梅吉は唇を噛み締めて嗚咽《おえつ》を堪えた。

竹蔵とおしずの亡骸は、ひと晩、窯場に置かれた。おちよは仏に供える花を持って来てくれた。梅吉はすぐに松助に知らせるつもりだったが、それはおちよの兄の増吉が引き受けてくれた。

松助は与吉と一緒に夕方には助次郎窯に駆けつけた。二人の亡骸をどうするのか助蔵を交えて相談した結果、お上《かみ》には届けず、実家の檀那寺である正圓寺に運ぶことに決めた。

心中者はまともな弔いはできないが、せめて二人を一緒の墓に入れてやろうと松助が言ったからだ。

助蔵は翌朝早く、知り合いに棺桶《かんおけ》の手配をつけた。その日は窯から焼き上がった瓦を出す仕事もあったので、梅吉はひどく忙しい思いをした。

これから二つの棺桶を寺に運ぶ人足賃やら、寺へ納める供養代やら、また松助は金が掛かるだろう。

「あんちゃん、晦日に少し持って行くから」

梅吉は、そっと松助に囁《ささや》いた。

「いいんだよ。これが本当の最後だ。竹蔵は死んでまで、おれ達に無心するめェ」

松助は笑えない冗談を言った。棺桶に入れる時、竹蔵の歯が剥《む》き出しになっていた。それが何んだか笑っているようにも見えた。

竹蔵は死んで、ようやくほっとしたのかも知れないと梅吉は思った。

(もう、金の工面をしなくてもいいぜ。竹、安心したろ?)

梅吉は竹蔵の入った棺桶に胸で話し掛けた。

荒縄で括《くく》られた棺桶は松助と与吉に伴われて静かに助次郎窯を出て行った。梅吉と職人達は掌《て》を合わせて、それを見送った。瓦のけりをつけたら、助蔵に休みを貰い、すぐに梅吉は後を追うつもりだった。

春だというのに、ちらちらと雪が舞っていた。空は明るい。それもそのはず、頭上には陽が出ていた。陽射しは源兵衛堀に柔らかな光を落としていた。

「日向雪《ひなたゆき》ね。お天道《てんと》さんも竹蔵さんの供養をしているみたい」

潤んだ眼をしたおちよが呟いた。

「そうけェ。これが日向雪って言うのか。おちよちゃんはもの知りだな」

梅吉は感心したように言った。

「いやだ。からかわないで」

おちよは梅吉の腕をぶつ真似《まね》をした。それからおずおずと続けた。

「お父っつぁんが心配してるの。たまに顔を見せてやって」

「まさか。親仁さんはおいらの顔なんざ見たくねェんじゃねェのかい」

「そんなことない。梅吉さんは真面目で働き者だってことは、ようくわかっているのよ」

「お前ェが必死でおいらのことを持ち上げているんだろう……昨日は、ひっぱたいて悪かったな。おいらも動転して、どうしていいかわからなかったのよ。堪忍してくんな」

「ううん」

おちよは笑顔を見せて応えた。

「その内、おいらの家の檀那寺に連れて行くから、竹蔵とおしずさんに線香を上げてくれるけェ」

そう訊くと、おちよは、つかの間、黙った。

「いやかい？」

「竹蔵さんとおしずさんだけ？　梅吉さんのおっ母さんにはお線香を上げなくていいの？」

「それは、もちろん、おっ母さんにも……」

「その時、梅吉さんは、あたしのこと何んて言うつもり？」

「………」

「よう、何んて言うつもりか教えてよ」

おちよは梅吉の着物の袖《そで》を揺すった。春次がにやにやして、こちらを見ている。梅吉は空咳《からせき》をして「近所の豆狸《まめだぬき》だと言うよ」と応えた。

「意地悪」

陽射しは陰り、辺りは春の雪だけが降り続く。おちよが傍にいたせいで竹蔵を亡くした悲しみは薄まって感じられる。

「おお、寒い」

おちよは両腕を抱き締めるようにして身震いした。

「窯の前で温まっていきな」

梅吉が言うと、おちよは丈夫そうな歯を見せて笑った。おしずとは違う健康的な笑顔だった。おしずの分までおちよには倖せになってほしい。恐らく竹蔵は、あの世でそう思ってくれるに違いない。一人の女をとことん惚れ抜くということを教えてくれた竹蔵は、確かに梅吉の兄だった。

御厩河岸《おうまやがし》の向こう

夢堀

一

弟の勇助《ゆうすけ》が生まれたのは、江戸が端午《たんご》の節句を間近に控え、家々の甍《いらか》の上には鯉幟《こいのぼり》が初夏の風を受けて翻《ひるがえ》っていた頃だ。おゆりの家も兄の惣吉《そうきち》の初節句に誂《あつら》えた鯉幟が勢いよく五月の空の中を泳いでいた。

「きっと今度は坊ちゃんだね。端午の節句も近いことだし」

取り上げ婆《ばば》のおすみがそう言ったのも覚えている。母親のおまつが赤ん坊を産むと知った時、おゆりは、できれば妹がほしいと思った。お揃《そろ》いの着物を着て、ままごとやお手玉など、一緒に遊ぶことを夢見た。男の子は乱暴だから嫌いだった。だから、おすみが坊ちゃんだね、と言った時は少しがっかりしたものだ。

祖母のおつたは、おゆりの表情を見て「おゆりは妹がほしいのかえ。でもね、こればかりはどうすることもできないのさ。皆、阿弥陀《あみだ》様の思《おぼ》し召しだからね。無事に生まれてくるなら、男でも女でも構やしないのだよ」と、宥《なだ》めるように言った。祖母にすれば、店の跡継ぎの惣吉がいるから、三番目に生まれてくるのは、男だろうが女だろうが、どっちでも構わなかったはずだ。おゆりの家は浅草寺《せんそうじ》にほど近い浅草並木町《なみきちよう》で「田丸屋《たまるや》」という質屋を商っていた。

惣吉は十歳、おゆりは二つ年下の八歳だった。子供は二人でお仕舞いかと周りの者が思っていただけに、おまつの懐妊で家の中は俄《にわか》に明るくなった。おまつ自身は、しばらく子を身ごもっていなかったので、いささかとまどっているふうもあった。

茶の間と続いている奥の間が産褥《さんじよく》の部屋に充《あ》てられたが、境の襖《ふすま》はぴったりと閉ざされていた。赤ん坊が生まれるまでは、そこへ入ってはならないと、おゆりはおつたから釘《くぎ》を刺された。

いつも見慣れている襖が、その時だけはおゆりを拒絶するように思えて怖い気もした。

台所では女中のおはまが大鍋《おおなべ》に湯を沸かしていた。傍《そば》には盥《たらい》も出してある。いつ赤ん坊が生まれても大丈夫なように用意万端調《ととの》えられていた。

おゆりは、茶の間でおつたの横に座り、赤ん坊が生まれるのをじっと待った。時々、おまつの呻《うめ》き声が聞こえると、おゆりは不安そうにおつたの顔を見た。おつたは煙管《きせる》を使いながら、その度に「大丈夫だよ」と声を掛けた。お産をする女房の中には、とんでもない悲鳴を上げる者がいるという。身体《からだ》が引き裂かれるように痛いそうだから、それも無理はない。だが、我慢して、ぐっと堪《こら》えるのが女の嗜《たしな》みだとおつたは言った。

おゆりは意味がよくわからなかった。

父親の惣兵衛《そうべえ》は家にいても落ち着かないらしく、惣吉を伴って浅草寺へ出かけた。安産の祈願をするつもりだろう。お前も一緒に行こうと惣兵衛は誘ったが、おゆりは首を振った。母親が心配で傍についていたかった。また、母方の祖母がやって来るのを待ってもいた。母方の祖母のおすがは神田佐久間町《かんださくまちよう》に住んでいる。恐らく、仕度を調えて、今頃はこちらへ向かっているはずだった。

おすがの顔を見たら、きっとおまつも元気が出るに違いないと思った。おつたでは駄目だ。子供心に母親がおつたを、あまり好きでないことは察していたからだ。

その日の朝早く、おまつが産気づくと、父親の惣兵衛は店の手代《てだい》を神田佐久間町へ知らせにやった。惣兵衛が自ら知らせに行けばいいのにと、おゆりはそれも不満だった。

惣兵衛もおつたも母親の実家を下に見ているところがある。それは母親の実家に金を貸しているせいだろう。

炭屋を営む母親の実家は商売の不振が続いていた。惣兵衛は仕入れの金を何度か都合してやっていたのだ。

金を都合してやった後に、おつたは決まっておまつに嫌味を言った。おまつは言い返すこともできず、陰でそっと泣いていた。

だが、大人の事情は別にして、おゆりは母親の実家が嫌いでなかった。神田佐久間町には、おゆりもよく泊まりに行く。行けば皆、おゆりを可愛《かわい》がってくれた。おすがは、おまつの兄夫婦と、二人の子供と一緒に同居していた。子供はおゆりより三つ年上のおそでと、一つ年下の勘次《かんじ》だ。おゆりは女のきょうだいがいなかったせいもあり、おそでになついていた。

普段は買い喰《ぐ》いを止められているが、神田佐久間町に行けば、番太《ばんた》(木戸番)の店で菓子やおもちゃを買う楽しみがあった。おすがはいつも、おゆりといとこ達へ気前よく小遣いを与えてくれた。おゆりは何んとなく、こういう無駄遣いをするから金に困るのだなと内心で思ったが、番太の店の誘惑には勝てなかった。

台所の油障子が控えめに開いて、ようやくおすがが顔を出した。

「佐久間町のお祖母《ばあ》ちゃん！」

おゆりは張り切った声を上げた。おすがはおゆりを見て、にこりと笑ったが、すぐに真顔になって「お内儀《かみ》さん、おまつの様子はいかがでしょうか」と、おつたに訊《き》いた。

「ああ、まだ生まれる様子はありませんよ。中へ上がってお待ちなさいましな」

おつたは煙管の雁首《がんくび》を火鉢の縁《ふち》で叩《たた》くと、そっけない表情で答えた。

おすがは裾《すそ》を払って座敷へ上がると「いつもお世話になっております」と三つ指を突いて丁寧に頭を下げた。

娘の頃は旗本のお屋敷奉公をしていたおすがだから、身仕舞いもきっちりしているし、所作も美しい。娘時代は「今小町《いまこまち》」と呼ばれるほどの美貌《びぼう》であったという。そこを見込まれ、湯屋と炭屋を営む神田佐久間町の「大黒屋《だいこくや》」に嫁入りしたものの、連れ合いの放蕩《ほうとう》が祟《たた》り、かつてはかなりあった財産も喰い潰《つぶ》してしまった。

おゆりが生まれた頃には湯屋もとうに畳み、細々と炭屋を商っているだけだった。

おすがは、もともと大店《おおだな》の呉服屋の娘だったから乳母日傘《おんばひがさ》で育ち、嫁入りする時も身の周りの世話をする女中が一緒に大黒屋へ来たそうだ。おつたは葛飾村《かつしかむら》の農家の出だったから、おすがとは生まれも育ちも違う。おつたは、最初はおすがに対し、ひがみのようなものを感じていたらしい。

二言目には「佐久間町のおっ母さんはお嬢様育ちだから」と、おまつに言った。めしの炊き方もろくに知らずに嫁入りしたことや、当時は簞笥《たんす》・長持《ながもち》に数え切れないほどの着物や帯があったことなどを噂《うわさ》に聞いていたからだ。今は着物も帯も、ほとんど手放し、かつて経験したことのない貧苦に喘《あえ》いでいるおすがを、おつたは内心でいい気味だと思っているらしい。おまつも実家の景気がよい時に娘時代を過ごしたので、今のおすがのありさまに深く心を痛めていた。かと言って、おまつに実家を援助する力はない。せいぜい、借金を申し込みにやって来るおまつの兄と一緒に自分も頭を下げるぐらいだった。

しかし、おゆりにとって二人の祖母は、どちらも自分を心底可愛がってくれるありがたい存在だった。

「辰吉《たつきち》さんのご商売はいかがですか」

おつたは茶を淹《い》れながら、おすがに訊いた。

辰吉はおまつの兄の名である。長火鉢の前にでんと構えているおつたに対し、おすがは猫板《ねこいた》の傍に遠慮がちに座っていた。御納戸《おなんど》色の着物に対《つい》の羽織を重ねたおすがは、ちょいと見には今でも大店の女隠居という風情がある。一方、おつたは上等の着物を着ていても、どこか垢抜《あかぬ》けなかった。

「はあ、お蔭様《かげさま》でと言いたいところですが、世の中が不景気なものですから、掛け取りも思うようには参りません。この先、どうなりますことか」

おすがは、どこか他人事《ひとごと》のように応《こた》えた。

そのもの言いが癇《かん》に障ったのか、おつたは眉間《みけん》に皺《しわ》を寄せた。

「呑気《のんき》に構えていたら、最後に残ったご商売までなくすことになりますよ。ここは辰吉さんに、もう少し踏ん張っていただかないと」

「はあ、おっしゃる通りでございます」

おすがは恐縮して首を縮めた。

「また、お金に詰まったから都合してくれと言われても困りますよ」

おつたはさり気なく釘を刺す。こんな時、そんな話をしなくてもいいのにと、おゆりは思ったが、余計なことは喋《しゃべ》らなかった。

おまつの呻き声は次第に高くなったが、依然として生まれる気配はなかった。おすがが田丸屋に現れてから、かなり時間が経《た》ち、すでに時刻は昼を過ぎていた。

「やけに時間が掛かる。この様子では取られるかも知れない」

おつたは突然、恐ろしいことを言った。出産で命を落とす女房は、江戸でも多かった。

「初産《ういざん》でもあるまいし、そんなことはございませんでしょう」

おすがはすぐに否定したが、不安そうな表情でもあった。おゆりは悲しくなって、しくしくと泣き出した。

「大丈夫だよ。これ、泣かないでおくれ」

おすがはおゆりの腕を取り、自分の膝《ひざ》に載せ、頭を撫《な》でた。おすみが叱咤《しった》激励する声ばかりが高く聞こえる。おまつは疲れで意識も朧《おぼ》ろになっている様子だった。だが、最後の力を振り絞っていきんでいた。

それからしばらくして、ようやく甲高い産声《うぶごえ》が聞こえた。

「生まれた……」

おすがはおゆりの手を握り締めて、安堵《あんど》の吐息をついた。

「生まれたよ！　坊ちゃんだよ。お湯の用意をしておくれ」

おすみの興奮した声も聞こえた。

「よっこらしょ」

おつたはおもむろに腰を上げた。

女中のおはまが盥に湯を入れると、おつたは中腰の恰好《かっこう》で湯加減を見て「おすみさん、こっちの用意はいいよ」と、声を張り上げた。

「ほら、おゆり。弟ができた。今日からお前はお姉ちゃんだ」

おすがはそう言って笑った。おゆりも泣くのをやめて笑い返した。

二

勇助は色白の可愛い赤ん坊だった。おすがはそれから何日か泊まって、おまつの世話をした。

普段は文句ひとつ言わないおまつが、おすがの前でだけ、白玉《しらたま》が食べたいの、腰が痛いのと我儘《わがまま》を言うのがおゆりには可笑《おか》しかった。

おゆりは日に何度も奥の間へ勇助の顔を覗《のぞ》きに行ったが、勇助はおまつの乳を飲む以外、滅多に起きていることはなかった。それでも寝顔を眺めていると、おゆりは倖《しあわ》せな気持ちがした。これがあたしの弟、可愛い弟なのだと嬉《うれ》しさも込み上げた。おつたが言ったように、無事に生まれたのだから、妹でなくとも、おゆりは満足していた。

おまつが床上げして、そろそろ家の中のことをするようになると、勇助はおゆりの腕に抱かれる機会が多くなった。子守りをするおゆりに、おまつは助かると言ってくれたので、なおさら張り切って勇助の世話をした。おむつの取り替えの手際もいいので、近所の女房達も感心しておゆりを褒《ほ》めてくれたものだ。

勇助が生まれて半年も経つと、おゆりは勇助をおぶって外へ出るようになった。おゆりのことを知らない他人の中には、おゆりを田丸屋に雇われた子守りかと思う者もいたほどだ。

そうして手を掛けた勇助だったから、もの心つく頃には、すっかりおゆりになついて、おまつが用事で外出する時も後を追って泣くことはなかった。むしろ、おゆりが手習所《てならいどころ》や茶の湯の稽古《けいこ》に通う時には激しく泣いて後を追ったものだった。

勇助はおゆりが盛んに言葉を掛けたせいで、同じ年頃の子供より口が達者だった。時々、おもしろいことを言って家族を笑わせるひょうきんな面もあったが、普段は人見知りの激しい引っ込み思案の子供だった。

勇助は絵本が大好きで、いつもおゆりに読んでくれとせがむ。寝る前はもちろん、日中でもおゆりの傍に絵本を持ってくる。もう何度も読んでやっているので、絵本の角《かど》が擦《す》れて丸くなっていた。

とりわけ勇助は『桃太郎』の話が好きで、川で洗濯をしていたお婆《ばあ》さんが桃を見つけ、それを家に持ち帰って桃を割る時の、ぱかっと割れてという言葉がお気に入りで、その場面になると「ぱかっと」が言いたくて待ち構えていた。

ある日、質屋の寄合の長《おさ》が田丸屋を訪れた時、おまつは勇助が傍にいては邪魔になるから、店蔵《みせぐら》に連れて行って絵本を読んでおやりと、おゆりに言いつけた。母屋《おもや》と続いている店蔵は重い鉄の扉がついており、その中に客から預かった品物を保管している。惣兵衛の眼を逃れて、惣吉が時々、昼寝をしていることもあった。

夏の時季は、その中に入るとひんやりして気持ちがよかった。勇助も店蔵が好きだったが、一人では決して入らなかった。閉じ込められて出られなくなるのを恐れていたようだ。

金平糖《こんぺいとう》とお茶の入った湯呑《ゆのみ》を載せた盆を持って、おゆりは店蔵に勇助を促《うなが》した。勇助は年季の入った絵本を小脇《こわき》に抱え、嬉しそうについてきた。前髪頭に肩上げをした紺絣《こんがすり》の着物の勇助は大層可愛らしかった。

『桃太郎』を読んでやり、「ぱかっと！」と、勇助が声を張り上げるのも、いつものことだった。

「はい、お仕舞い」

桃太郎が鬼退治をして、宝物を携《たずさ》えて故郷へ戻る場面で物語は終わる。ひと息ついて、ぬるい茶を飲んだ時、勇助は「あのな、姉ちゃん。桃太郎は桃から生まれたけど、親は桃か？」と、大真面目《おおまじめ》な顔でおゆりに訊いた。

おゆりは思わず、ぷッと噴いた。

「そう言えばそうだね。桃から生まれたんだから、勇ちゃんがそう考えるのも無理はないよ」

「桃太郎は本当の親のことを覚えていないのかな」

「お爺《じい》さんとお婆さんが親になるんじゃない？」

「爺と婆は親じゃねェわな」

「………」

「生まれる前はどこにいて、いつ桃の中に入ったのか、桃太郎は何んにも覚えていねェようだ。変な奴《やつ》だよ」

勇助は小ばかにしたように吐き捨てた。

「生まれる前のことなんて誰も覚えちゃいないよ」

おゆりがそう言うと、勇助は不思議そうな顔をして「姉ちゃんも覚えちゃいねェのかい」と訊いた。

「当たり前じゃないの」

「ふうん」

勇助は納得できない様子だった。

「勇ちゃんは覚えているの？」

おゆりは試しに訊いた。すると勇助はこくりと肯《うなず》いた。おゆりはつかの間、呆気《あっけ》に取られた。だが、すぐに「教えて。姉ちゃんに教えて」と、おゆりは勇助に話を急《せ》かした。

「おいら、川向こうの夢堀《ゆめぼり》の傍に住んでいた。お父《と》っつぁんは花屋をしていて、きょうだいは五人で、おいらは三番目だった」

「川向こうって本所《ほんじょ》のことかな。だけど、夢堀なんて聞いたこともない。勇ちゃん、いい加減なことは言わないのよ」

おゆりはさり気なく窘《たしな》めた。

「本当だってば。姉ちゃんはおいらをおぶって、渡し舟のある所に行っただろ？　あの向こうにある町に夢堀があるのよ」

「渡し舟って竹屋《たけや》の渡し？」

「ちゃうちゃう。おんまがし」

御厩河岸《おうまやがし》の渡しだとおゆりは察しをつけた。

勇助をおぶって御厩河岸の渡し場まで行っただろうか。おゆりは記憶が曖昧《あいまい》で小首を傾《かし》げた。勇助がそれを覚えていたことも不思議だった。赤ん坊の頃のことなんて、おゆりは全く覚えていなかったからだ。

御厩河岸の渡しは本所の石原町《いしわらちょう》へ通じている。しかし、依然として夢堀という堀には見当がつかなかった。

「夢堀はいいとして、どうして勇ちゃんはうちの子になったの？」

おゆりは勇助に続きを促した。

「おいら、藤助《とうすけ》という名前《なめ》ェで、十歳《とお》の時に麻疹《はしか》に罹《かか》って死んだのよ」

恐ろしい話を勇助は平然と言う。

「死ぬとどうなるの？」

おゆりはざわざわと二の腕の内側に鳥肌を立てながら訊いた。

「お父っつぁんもおっ母《か》さんも、兄ちゃんも姉ちゃんも、おいらの亡骸《なきがら》の傍で泣いていた。おいら、その時は亡骸から抜けて魂《たましい》だけになってたから、鴨居《かもい》にとまって見ていたよ」

「………」

「それから弔《とむら》いになったな。近所の人が集まって、皆、泣いていた。おいら、やっぱり鴨居からそれを見ていた。おいらの亡骸は小さな棺桶《かんおけ》に入れられて寺に運ばれた。寺の墓場に穴が掘られてよ、おいらの棺桶はその中に埋められた。土を被《かぶ》せるザッザッという音が聞こえた。だけど、おいらはすぐに家に帰って机の上にとまっていた」

「机って？」

「茶の間の隅に置いてあったやつよ。向こうのお父っつぁんは、その日の商いを仕舞いにすると、机の前に座り、仕入れした花は幾らで、売り上げは幾らでとか帳面につけていた」

「それで、ずっと机にいたの？」

「いや、四十九日が過ぎると知らねェ顔の爺さんがやって来て、おいらを外へ連れ出した。空を飛んでいたが、外はいつも日暮れのようだった。暑くも寒くもなく、ひだるくもなかった。念仏の声が聞こえると、おいらは家に戻った。向こうのおっ母さんが、ままを炊いて仏壇に供えると、鼻から湯気を呑《の》むようで温かかった。仏さんには温かいものを供えるといいんだよ。線香の煙も温かくてよかったよ」

「そうね。線香は仏様の食べものだから。あのね、勇ちゃん。勇ちゃんの話は、とても大事なことだから、おっ母さんに言わなきゃいけないよ」

おゆりがそう言うと、勇助は途端に泣きそうな顔になり、それだけはしてくれるなと言った。

「どうして」

「どうしても」

勇助の表情は頑《かたく》なに思えた。

「どうしてもいやだと言うのなら、黙っているけど……勇ちゃん、この家の子になったのはどういう訳？」

おゆりはそれが肝腎《かんじん》とばかり訊いた。

「おいらが死んで三年ばかり経った頃、いつも来る爺さんが、この家に宿れって言ったのよ。この家には優しい姉さんがいて、お前を可愛がってくれるから、お前は倖せだろうってな」

「優しい姉さんって、あたしのこと？」

「ああ。おいらもこの家の子になりたいと思ったが、おっ母さんの腹に入る前に、うちの祖母ちゃんと佐久間町の伯父《おじ》ちゃんの間で、何んだか言い合いみてェなことがあったから、しばらく様子を見ていた。その内に言い合いも収まったから、ほっとしておっ母さんの腹に入ったんだ」

金のことでおつたと辰吉が険悪になったことは確かにあった。おゆりは改めて勇助の顔をしみじみ見つめた。

勇助は話に飽きると、絵本を取り出し、それを見ながら金平糖を無邪気に頰張《ほおば》っていた。

三

おゆりは両親には勇助の話をしなかったが、いつまでも自分の胸に抱えているのは苦しかった。勇助が昼寝をしている時、そっと店に行き、帳場格子の中で算盤《そろばん》を弾《はじ》いていた惣吉に思い切って声を掛けた。

「兄さん……」

惣吉はちらりとおゆりを見たが、算盤の手を止めずに「何んだ」と、煩《わずら》わしそうな顔で応えた。

「勇ちゃんのことなんだけど」

「勇助がどうした」

「変なことを言うのよ」

惣吉は、ようやく手を止め「変なことって?」と、怪訝《けげん》な眼をして訊いた。

惣吉は惣兵衛とよく似ている。頭の形や後ろ姿は惣兵衛と瓜《うり》二つだった。惣兵衛は人にそれを言われると、だらしなく相好を崩した。勇助は惣吉と似ていない。神田佐久間町のいとこの勘次の方に似ている。そのせいか、惣兵衛はあまり勇助には手を掛けないところがある。どこへ行くにも惣吉だけを連れ、勇助はおゆりと留守番をしていることが多い。だが、惣吉は勇助の兄だから、もちろん、勇助を可愛がっていた。

おゆりは店蔵で勇助がした話をかい摘《つま》んで言った。

「世の中には不思議なことがあるよ。似たような話を前に友達に聞いたことがある。まさか勇助もその手合《てあい》だったとは驚きだけど」

惣吉の言葉にため息が交じっていた。

「勇ちゃん、前のお父っつぁんとおっ母さんに会いたいんじゃないかしら。あんなにはっきり覚えているところからすると」

「前はどこに住んでいたのよ」

「本所らしいの。御厩河岸の渡しの向こうで、夢堀の傍にいたって。でも、夢堀なんて堀はないよね」

「本所の石原町に埋《う》め堀があるけど、それかな」

惣吉は思案顔して言う。

「埋め堀……」

幼い頃に耳で聞いた言葉を間違って覚えて遣う場合がある。夢堀もその類《たぐい》だろうか。

確かに語感は似ている。

「確かめてみるか」

惣吉は興味深そうな表情で言った。

「どうするの？」

「知れたこと。埋め堀の近くの花屋を探すよ。もし勇助の言ったことが本当だったら、向こうの親も会いたいと思うだろうし」

「でも、勇ちゃんはお父っつぁんやおっ母さんには明かしてくれるなと言ったのよ」

「どうしてだろう。今さらそんなことをしても、どうなるものでもないと思っているのかな。まだ六つの餓鬼《がき》にしては、やけに気を遣う」

惣吉は分別臭い表情になって言った。

おゆりは、惣吉が両親に内緒で前の世の家のことを調べてくれるものと思っていた。

だが、ある日、おゆりが手習所から戻ると、茶の間には見知らぬ夫婦者が座っていた。

おまつはおゆりに気づくと「ささ、ご挨拶《あいさつ》して。こちらは本所の石原町の花屋さんをしていらっしゃる方で、勇助のことを聞きに見えたのだよ」と言った。

おゆりは思わず傍にいた惣吉を睨《にら》んだ。

「兄さん、おっ母さんに喋ったのね」

きつい言い方になった。

「い、いや、こちらの花屋さんに事情を聞くと、勇助の言った通りだったのさ。もっと詳しいことを知りたい様子で、今日、訪ねていらしたんだ」

惣吉は取り繕うように言った。

「おゆりが何も言わないものだから、こちらの花清《はなせい》さんにお会いして、あたしも初めて事情がわかったのだよ」

おまつは惣吉を庇《かば》うように言った。花清というのが、その花屋の屋号らしい。

「それで勇ちゃんは？」

「恥ずかしがって何も喋らないから、お祖母ちゃんが外へ連れて行ったんだよ。こちらさんはお前からも話を聞きたいご様子で待っていたんですよ」

「そう」

おゆりは座り直し、「勇助の姉のゆりです。本日はようこそおいで下さいました」と、型通りの挨拶をした。さほど暮らし向きのよくない夫婦に見えた。花屋を営みながら、かつかつの暮らしをしているのだろう。勇助が前の世で麻疹に罹った時、ちゃんと医者に診せたのだろうか。満足に手当をしなかったから藤助は早死にしたような気がする。もっとも、麻疹で命を落とす子供は、少なくなかったが。

「こちらの勇助坊ちゃんは、本当に前の世は手前どもの家の子だったと言ったんですかい」

五十がらみの男はそそけた頭を振りながら訊いた。藤助という子供は十歳で死んでいる。

それから三年後におまつの腹に宿り、六歳になったから、藤助が生きていたとしたら二十歳《はたち》ぐらいになっているはずだ。両親が年を喰っていても不思議ではない。

「ええ……」

おゆりは俯《うつむ》きがちに応えた。

「当時のことがわかるような話をしていましたかい。お嬢さん、聞かせておくんなさい」

男はおゆりの話を促す。男は卯三郎《うさぶろう》という名で、横にいる女はおはつという名だった。

「小父《おじ》さんは商いを終えると、茶の間の隅の机で売り上げを帳面に記していたそうですね。勇ちゃんは……いえ、藤助さんは亡くなると、しばらく、その机にとまっていたそうですよ」

おゆりがそう言うと、二人は顔を見合わせた。その後で、おはつは袖《そで》で眼を拭《ぬぐ》った。

「お店は堀の傍にあるそうですね。勇ちゃん、その堀のことを夢堀と呼んでいました」

「そうです、そうです。確かにあの子、埋め堀のことを夢堀と言っていましたよ」

おはつは叫ぶように言った。その声があまりに大きかったので、おゆりは少し驚いた。

「でしたら、勇ちゃんは、やはり前の世は小父さんと小母《おば》さんの子供だったのでしょうね」

おゆりは力のない声で言った。それを知ったところで、どうなるものでもないとおゆりは内心で思っていたが、子をなくした親の気持ちは、また別のようだ。

「小母さんがお仏壇にごはんを供えると、ごはんの湯気が温かかったと言っておりましたよ」

おゆりは二人を慰めるように続けた。おはつは、うんうんと肯《うなず》いて、また眼を拭った。

勇助は二人に会って懐かしくなかったのだろうか。おつたと一緒に出かけたことが、おゆりは少し腑《ふ》に落ちなかった。

惣兵衛は用事があって外に出ていた。二人がなかなか帰る様子を見せないので、おゆりは次第にいらいらしてきた。

死んだ子供が生まれ変わり、田丸屋の次男として倖せに暮らしている。もう、それだけでいいじゃないかと思った。しかし、二人は執拗《しつよう》に勇助の話を聞きたがった。

「勇助の話が本当なら、こちらさんの家にお伺いさせて、他《ほか》のお子達にも会わせたいとおっしゃっているんですよ」

おまつが呑気に言ったので、おゆりは腹が立った。

「今さら会っても仕方がないと思いますけど」

おゆりはつっけんどんに応えた。おまつは慌てて「これッ！」と制した。

「お嬢さん。親はいつまでも死んだ子のことを思っているものなんですよ。どうぞ、あたしらの気持ちをわかって下さいまし」

おはつは哀願するように言った。

「それは勇ちゃん次第だと思います。いやだと言ったら、無理に連れて行くことはできません。もともと、勇ちゃんはおっ母さんにも話すなとあたしに言っておりましたから」

おゆりはにこりともせずに言った。二人は困惑の表情で顔を見合わせた。

「おゆり、勇助を説得しておくれ」

おまつは二人に同情しておゆりに言った。

おっ母さんは勇助が前の世の家族に会うことに何んの疑問も持っていないのだろうかと、おゆりは思った。懐かしさのあまり、向こうの家族が勇助を返してくれと言い出しはしまいかと、おゆりは恐れてもいた。しかし、その場の雰囲気には、おゆりがいやと言えないものがあった。おゆりは渋々肯いた。その拍子に卯三郎とおはつは、ほっと安堵の吐息をついた。

四

勇助に本所の家に行ってみるかと訊くと、勇助は意外にもあっさり肯いた。

「でも姉ちゃんは一緒に行かないよ」

おゆりは勇助の顔を見ずに言った。

「どうしてよ」

勇助はおゆりの頬を両手で挟《はさ》むようにして、怪訝そうに訊いた。自分の顔をまっすぐ見ろということだ。

「向こうのご家族は勇ちゃんを待っているのよ。あたしが傍にいても邪魔になるだけだもの」

「向こうの家の人には会いたくねェんだな」

「そうね、正直に言えばそう。勇ちゃん、まさか向こうの家に戻るつもりじゃないでしょうね」

おゆりは少しきつい言い方で訊いた。

「戻らねェよ。だって、今のおいらの家はここだもの」

「本当に本当？」

「心配すんなって。ちゃんと帰って来るよ。ちょいと向こうの家がどうなっているか気になるだけだからよ」

「そう。それなら安心だ」

「やっぱり一緒に行きたくねェか」

勇助はおゆりを上目遣いに見て言う。

「ごめんなさい。おっ母さんと一緒に行って。あたし、留守番しているから」

勇助は不満そうだったが、おゆりの気持ちがわかったようで、小さく肯いた。

翌日、勇助はおまつに伴われて本所へ出かけた。おゆりは御厩河岸の渡し場まで二人を見送った。勇助は渡し舟に乗るのが嬉しいらしく、舟の上から長いこと手を振っていた。

並木町の家に戻ると、おつたが仏壇に灯明をともして掌《て》を合わせていた。

「お祖母ちゃん、心配なの？」

おゆりはおつたの背中に声を掛けた。

「お前のおっ母さんは何を考えているんだろうね。勇助の話をまともに取って、わざわざ本所まで行くなんざ」

おつたは振り返って憎々しげに吐き捨てた。

「おっ母さんは向こうに同情しているのよ。亡くなった子供が生まれ変わってよそで暮らしていると聞けば、会いたくなるのも無理はないでしょうし」

「だからって……」

「勇ちゃんも行きたがっていたから、向こうに顔を出せば、お互い気が済むと思うよ」

「おゆりは勇助の話を信じているのかえ」

おつたは疑わしそうに訊く。

「よくわからないけど、勇ちゃんは誰でも前の世のことを覚えているものだと思っているのよ。勇ちゃんにすれば、覚えていないあたし達が変に見えるみたい」

「生まれた時は、別に変わった様子もなかったんだが、妙なことになったものだ」

おつたはため息をついて灯明の火を消した。

「お祖母ちゃん、向こうの人達、まさか勇ちゃんを返してくれなんて言わないよね」

「冗談じゃない。そんなことが許されると思うのかえ。ばかも休み休みお言いよ」

おつたは心底腹を立てていた。

「そうよね。そんなことある訳もない。勇ちゃんも、そんなことにはならないと言ったけど、あたし、何んだか心配なの」

「そうだねえ」

おつたとおゆりは同時にため息をついた。

それがおかしくて、二人は一緒に笑った。

「お茶でも飲もうか」

おつたは鬱陶《うっとう》しい気分を振り払うように言った。

「そうね。あたしがお茶、淹れる」

おゆりは腰を上げて、茶の間へ向かった。

暮六つ（午後六時頃）過ぎに、勇助とおまつはひと抱えもある花を土産《みやげ》に田丸屋へ帰って来た。勇助は疲れた様子も見せず、すぐに絵本を取り出し眺め始めた。おゆりに読んでくれとせがんだが、おゆりはおまつの話が気になって「後でね」と応えた。

おまつの話によると、勇助は本所に着くと、迷うこともなく、かつて住んでいた家に向かって、まっすぐに進んだという。

花清は勇助が話していた通り、本所石原町にある埋め堀の傍にあった。埋め堀は武家屋敷と石原町の間にあり、大通りの手前で堀留《ほりどめ》になっている。花清は間口一間の狭い店で、土間口には切り花を入れた水桶が幾つか並んでいたが、店を訪れる客だけでは売り上げも伸びないので、卯三郎は日中、花籠《はなかご》を括《くく》りつけた天秤《てんびん》棒を担《かつ》ぎ、町々を触れ歩いているそうだ。

勇助とおまつが花清を訪ねた時、卯三郎は昼めしを食べに戻ったところだった。そのまま、午後の仕事を仕舞いにして、二人を中へ招《しょう》じ入れた。

他のきょうだいは、それぞれ嫁に行ったり、商家に奉公していたりして、家に残っていたのは長男とその家族だけだった。長男の卯吉《うきち》は三十を越え、父親の花屋を手伝っていた。勇助は卯吉を見ると「あんちゃん」と、懐かしそうに声を掛けた。卯吉は面喰らったように眼をしばたたいたそうだ。

近所の家に嫁入りした長女のおさいが現れた時も「姉ちゃん」と、勇助は同じように親しげに声を掛けたらしい。卯吉とおさいは半信半疑だったが、店の前にあった柳の樹《き》がなくなっていることを勇助が言うと、大層驚いたそうだ。その柳の樹は藤助の死後、野分《のわき》に遭い、枯れてしまったからだ。そればかりでなく、長男一家のために二階の部屋を増築していたことや、水甕《みずがめ》が新しい物に替わっていたことも勇助が言ったので、卯吉とおさいも間違いなく藤助の生まれ変わりだと確信したらしい。

勇助は最初の内、懐かしそうに家の中を見回していたが、時間が経つと退屈して、おまつに早く帰ろうとせがんだという。今の勇助は本所の家より、並木町の方がくつろげる場所だったのだ。それがおゆりには嬉しかった。

向こうの家族が何度も引き留めるので、二人は、つい長居をしてしまったらしい。また、訪れてほしいと、向こうの家族は口々に言ったが、勇助には、どうもその気はないようだった。向こうの家族が恙《つつが》なく暮らしていると知って、勇助も気掛かりがなくなったらしい。

しかし、勇助の噂《うわさ》は町内に拡《ひろ》がり、話を聞きたがる客が田丸屋へ押し掛けるようになった。勇助は客の問い掛けに恥ずかしそうにして、ほとんど何も喋らなかった。道を歩けば生まれ変わり小僧だと指差され、勇助は外へ出ることもできなくなった。惣兵衛は、このままでは勇助のためにならないと考え、しばらく神田佐久間町のおまつの実家へ勇助を預けることにした。その時、おゆりも同行した。勇助が一人では寂しいだろうと惣兵衛は気を遣ったのだ。

神田佐久間町までは勇助の噂も流れていないようで、勇助はようやく外へ出て、近所の子供達と一緒に遊ぶようになった。

おすがは勇助とおゆりが退屈しないように、近所で縁日があると、二人を連れ出し、好みのおもちゃや菓子を買ってくれた。勇助は無邪気な笑顔を見せて喜んでいた。おまつの実家の暮らしは相変わらずで、おゆりと勇助が床《とこ》に就《つ》くと、辰吉と女房のおはる、おすがの三人は額を突き合わせるようにして金の工面をしていた。

「ねえ、勇ちゃん。ここの家はとてもお金に困っているのよ。どうしたらいいかしらねえ。このままじゃ佐久間町のお祖母ちゃんが可哀想《かわいそう》なのよ。もうお年なのに」

おゆりはため息交じりに勇助に言った。二人はおすがの部屋で一緒の蒲団《ふとん》に寝ていた。

「佐久間町の祖母ちゃんの実家は誰が墓参りしているの?」

勇助は突然、そんなことを言った。

「さあ、それは知らないけど……」

「祖母ちゃんの実家の墓参りをすれば、ご先祖さんがお守りしてくれるだろう」

「そうなの?」

「うん。無縁さんになったら可哀想だからな。墓が遠くにあるなら、寺の坊さんを呼んで、供養して貰《もら》うといい。坊さんにお布施《ふせ》を包んで、供え物もやるといいよ」

「わかった。明日、佐久間町のお祖母ちゃんに言ってみるよ」

おゆりは夜が明けたような思いで応えた。

翌日、おすがに勇助の話を伝えると、おすがは「わたいの実家の墓は兄さんが守っていたけれど、兄さんが亡くなってしまうと行き来《ゆき》もしなくなったから、墓がどうなっているのかわからないのだよ。兄さんは娘ばかりで、上の娘は婿《むこ》を迎えたはずだ。仏さんの供養は、その娘夫婦がしているものと思っていたんだよ。一度、様子を見てくるよ。もしかして、ほったらかしにされているのかも知れない。ご先祖の供養もなおざりにしていたんじゃ、わたいの暮らしを守って貰うこともできやしないからね。でも、勇助は子供のくせに、よく気がついたこと」と、感心した顔で言った。

おすがはそれから間もなく、深川にある実家の菩提寺《ぼだいじ》へ出かけた。案の定、墓は荒れ果てて、盆や彼岸にも人が訪れた様子はなかったという。おすがは日頃の不信心を詫《わ》び、寺の僧侶《そうりょ》に供養して貰ったそうだ。

おすがは両親の墓参りをして、晴れ晴れとした表情をしていた。そんなおすがの顔を見たのは久しぶりだったので、おゆりも嬉しかった。

五

おゆりと勇助はひと月ほど神田佐久間町で過ごした後に田丸屋へ戻った。

その頃には、町内の噂も一段落して、しつこく訪れる客もいなくなった。田丸屋は、ようやく以前の落ち着きを取り戻していた。勇助も自分の話で騒ぎになったことがわかっていたから、時々、近所の人間が誘うように問い掛けても、口を閉ざして応えなかった。

翌年、勇助はおゆりも通っていた手習所へ入門し、絵本よりも手習所の友人達と外遊びをすることが増えた。

勇助は生まれ変わり小僧でなく、ただの子供として過ごすようになり、まずは一件落着だった。

おゆりに縁談が持ち上がったのは、おゆりが十六歳の春のことだった。相手は浅草広小路《ひろこうじ》に店を構える鰹節屋《かつおぶしや》の息子だった。武松《たけまつ》は二十五歳の若者で、ゆくゆくは鰹節屋「魚善《うおぜん》」の跡取りとなる男だった。祭りの時は町内の若者達と一緒に神輿《みこし》を担ぐ威《い》勢《せい》のよさもあった。夏の季節は半だこに店の半纏《はんてん》を引っ掛けた恰好で得意先を廻《まわ》っているので、ちょいと見には、魚善の若旦那《だんな》というより、軽子《かるこ》（人足）のようだった。おゆりは、その縁談に及び腰だった。武松の声の大きさに度肝《どぎも》を抜かれたせいかも知れない。元気はいいが、乱暴な印象も受けた。

魚善は前々からおゆりに眼を留めていたらしく、間に立った仲人は熱心に勧めたが、おゆりは色よい返事ができずにいた。

おゆりは店蔵にこもって、ぼんやりもの思いに耽《ふけ》るようになった。どうしたらよいのか、皆目見当がつかない。両親も誂えたような良縁だと言ったが、おゆりの気持ちは決まらなかった。

そんなある日、遊びから戻って来た勇助が、ひょっこり店蔵へ顔を出した。

「姉ちゃん……」

「お帰り。今日は早く戻ったのだねえ」

「うん。雨が降りそうだったから早仕舞いしたわな」

勇助はこまっしゃくれた口を利く。遊びに早仕舞いもあるものではない。おゆりはくすりと笑った。勇助はおゆりの横に足を投げ出して座った。

「今日は誰と遊んだの？」

「巳之吉《みのきち》と梅次《うめじ》と今朝松《けさまつ》。浅草寺に一緒に行った」

勇助の友達は、皆、手習所の仲間だった。

「そう。おもしろかった？」

「うん。床見世《とこみせ》（住まいのつかない店舗）も並んでいたから、ひやかしてきたわな」

「よかったね」

「姉ちゃん、魚善に嫁に行くことを決心したのか？」

勇助は鼻の頭に芥子《けし》粒のような汗を浮かべて訊く。

「ううん、まだ。どうしたらいいのかわからないの。武松さんって、何んかおっかない人に見えて」

そう応えると、勇助はけらけらと笑った。

「笑い事じゃないのよ。あたし、真面目に考えているんだから」

おゆりは、むっとして言った。

「武松はいい人だよ。武松が店を継いだら、店はもうひと回りでかくなる」

「大人を呼び捨てにするものじゃないよ。それに、どうしてそんなことが勇ちゃんにわかるの」

勇助は鼻の下を人差し指で擦《こす》ると「武松のおっ母さんは、ちょっときつい女だから、姉ちゃんが泣かされることもあると思うけど、武松は頼りになるから何も心配しなくていいよ。武松のお父っつぁんも姉ちゃんのことを実の娘のように可愛がってくれるよ。最初に生まれる子供は女だから、周りはちょっとがっかりするけど、それから二年後に男が生まれて跡継ぎができるよ。子供は全部で五人さ。男二人に女三人。賑《にぎ》やかだよ」と、滔々《とうとう》と話を続けた。

不思議な話を勇助から聞くのは久しぶりだった。しかし、今度はおゆりの将来のことだ。おゆりは驚いて勇助の顔をまじまじと見つめた。

おまつの実家は勇助の助言通り、おすがが墓参りをするようになってから商売が少しずつ上向きになり、以前のように田丸屋へ金の工面を頼みに来ることもなかった。勇助は前の世のことだけでなく、この世の先のことまでわかるのだろうか。

「決めなよ。姉ちゃんは倖せになるよ」

勇助は、きっぱりと言った。

「信じていいの？」

「ああ。おいらがいつまでも姉ちゃんのこと見守ってやるからさ」

勇助は自分の胸を拳《こぶし》で叩いた。

「お嫁に行ったら、勇ちゃんはあたしの傍にいられないじゃない。いつまでも見守るなんて、できない相談よ」

そう言うと、勇助は店蔵の扉を振り返り、人が近くにいないことを確かめた。

「これからおいらの言うことを誰にも喋らないと約束できるかい」

勇助は真顔になっておゆりを見た。

「また、変な話をするつもり？」

「おいら、今まで変な話をしたつもりはねェよ」

「……」

「姉ちゃん。おいら、ののの様だから、先のことがわかるのよ」

勇助は自ら神仏の化身であると明かしていた。おゆりは動悸《どうき》が激しくなった。

「やめて、そんなこと言うの。勇ちゃんは、のの様じゃなくて、あたしの弟よ」

おゆりは怒ったような口調で言った。

「おいら、姉ちゃんが大好きだから、次の世でもきょうだいになるよ。その次の次の世でも。だから、おいらに何があっても、泣いたり、悲しんだりしなくていいよ。その内にまた会えるから。おいらの眼が動かなくなっても、おいらがものを喋らなくなっても恐れてはいけないよ」

「勇ちゃん……もしかして、あんた、あたしより先に死んじまうの？」

おゆりは涙を堪えて訊いた。

「おいら、十六で死ぬよ。だけど、まだまだ先の話だ。姉ちゃんが倖せになるのを見届けてからだ」

「いやよ。あたしが倖せになっても、勇ちゃんが死んでしまうのなら、倖せにならなくてもいい！」

おゆりは堪え切れずに袖で顔を覆った。

「姉ちゃん、泣かないでくれよ。これは決められた宿命《さだめ》なんだから」

「誰がそんなこと決めたのよ。あたし、文句を言ってやる」

おゆりは顔を上げて気色ばんだ声を上げた。

「それはおいらが決めたのさ。おいら、のの様だから」

勇助は同じ言葉を繰り返すばかりだった。

武松はそれから亀戸《かめいど》の藤《ふじ》の花見物や、両国《りょうごく》の花火大会に気さくにおゆりを誘った。その時は、いつも勇助が伴《とも》をした。最初は怖いと思っていたが、話をする機会が増える内におゆりも次第に武松の人柄に魅《ひ》かれるようになっていった。

なぜか武松は勇助と話をする時は落ち着かないように見えた。

「勇ちゃんは苦手?」

ある日、訊くと、武松は小首を傾げ「どうも、こっちの気持ちを見透かされているような気がするのよ」と応えた。

「勇ちゃん、武松さんが本当にあたしのご亭主になれる人かどうか、じっくり見ているのよ」

おゆりは含み笑いをして言った。

「大事な姉ちゃんだからなあ。粗末にしちゃ、あいつは黙っていねェだろう。怖《こえ》ェ、怖ェ」

武松は冗談めかして言う。

「あたしのこと、いつまでも見守ってくれると言ってるの。ありがたいのよ、とても」

おゆりはそう言ったが、顔は俯きがちになった。勇助が十六歳で死ぬことが頭から離れなかったからだ。

「何も心配いらねェよ。おゆりちゃんがおれの女房になってくれたら、おれ、一生懸命働くから。店も家族も必死で守るよ。約束する」

武松は真顔になって言った。おゆりは滅法界もなく倖せだった。

(倖せになるのはわかっているのよ、武松さん。でも、今のあたしの気持ちは、まだ、

あんたにはわからないと思う）

おゆりは言えない言葉を胸で呟《つぶや》いた。

その年の秋、おゆりは魚善に嫁入りした。

浅草の老舗《しにせ》の魚善のこと、祝言が豪勢だったのは言うまでもなく、招待された客の数は二百人を下らなかった。

神田明神で式を挙げると、披露宴は浅草の料理茶屋を借り切って行なわれた。

おゆりは、おつたとおすがに自分の花嫁姿を見せることができて感無量だった。

その中で、勇助はおまつの隣りに座って、じっとおゆりの姿を眺めていた。嬉しさよりも寂しさが勝《まさ》っているような表情である。

おゆりが田丸屋を出る時も、勇助は涙を必死で堪えていた。本音はいつまでも勇助の傍にいたかった。でも、女と生まれたからには、いつかは嫁に行かねばならない。

そのことを、おゆりも勇助も了簡《りょうけん》するしかなかったのだ。

おゆりは十八歳の時に長女のおきたを出産した。勇助が言っていたように舅《しゅうと》の弥兵衛《やへえ》と姑《しゅうとめ》のおふじは、少しがっかりした表情をしていたが、武松がとても喜んでくれたので、おゆりは満足だった。いずれ跡継ぎの男の子を産むことはわかっていたから、おゆりも舅姑のことは気にならなかった。

魚善は実家の田丸屋と比べ、何んにつけても派手だった。よそに出す祝儀の額も違った。

武松の友人に祝い事があって、武松から祝儀を用意するよう言いつけられた時、おゆりは実家の流儀に倣《なら》って金を包んだ。それは魚善にとって「みみっちい」という額だったらしい。

おふじに魚善の顔を潰したと嫌味を言われ、おゆりは自分の部屋に戻って泣いた。後で武松は「おゆりの実家は僅《わず》かな利鞘《りざや》で稼いでいる店だ。おれの家とは商いのやり方が違わァな。先祖代々続いている魚善といえども、先はどうなるかわからねェ。これからはおゆりの流儀でいいと思うぜ。体裁《ていさい》をつけるのもよしあしだからな」と庇《かば》ってくれた。

武松はよく働く男だったが、商売上のつき合いや、友達同士のつき合いも多い。夜中に客を引き連れて戻って来ることも珍しくなかった。おゆりは飲む席で商売の話がまとまることもあると聞かされていたので、そういう時でも悪い顔をせず接待した。

おゆりは、無駄な金は遣わず、できた若お内儀だと評判が高まり、武松も大いに男を上げたらしい。そんな話を聞くと、おゆりも嬉しかった。

おきたを出産して二年後に、おゆりは待望の長男武蔵《たけぞう》を産んだ。魚善は上を下への大騒ぎとなった。この時ばかりは武松も近所に紅白の餅《もち》を配るやら、神田明神と菩提寺へ寄進を申し出るやら、大張り切りだった。

さらに三年後には次男の武次《たけじ》が生まれ、おゆりは子供達の世話に明け暮れるようになったので、勇助のことは、半ば忘れ掛けていた。

六

おゆりの兄の惣吉も妻を娶《めと》り、男と女の二人の子供に恵まれ、田丸屋を守《も》り立てようと、商いに精を出していた。勇助も兄の手助けをして、日中は店の帳場格子の中で算盤を弾く毎日だった。前髪を落とした勇助は、おゆりの眼からも大層、大人びて見えたが、引っ込み思案の性格は相変わらずで、友達に誘われたら外へ遊びに行くが、普段は店を仕舞いにすると、寝るまでのひととき、静かに本を読んでいることが多かった。

父親の惣兵衛は、いずれ田丸屋の出店《でだな》（支店）を出して勇助に任せようと考えていたらしい。しかし、その話が出ると勇助は「おいらは兄ちゃんの手伝いをするだけでいいよ」と、欲のないことを言うばかりだった。

勇助が病に倒れたと知らされると、おゆりは子供達を姑のおふじに任せ、田丸屋に駆けつけた。普段は子供達の世話で一日があっという間に終わっていたので、実家の勇助のことを気にする暇もなかった。倒れたと聞いて、おゆりは俄《にわか》に、勇助の言葉を思い出した。勇助は自分が十六歳で死ぬと言っていたのだ。

勇助は成長するにつれ、子供の頃のように不思議なことは喋らなくなった。霊感のようなものは消えたのだろうか。だとすれば、あの言葉も反故《ほご》になるかも知れない。おゆりは自分のためにも、勇助のためにも、そう思いたかった。

おゆりは田丸屋へ着くと、両親への挨拶もそこそこに勇助の部屋へ向かった。

勇助は蒲団に寝かされ、苦しい息遣いをしていた。

「勇ちゃん、姉ちゃんだよ。わかる?」

おゆりは眼を閉じていた勇助に呼び掛けた。

額に濡《ぬ》れた手拭いが載せてある。勇助は風邪《かぜ》をこじらせ肺炎を起こしていたのだ。

「姉ちゃん……」

薄目を開けた勇助は力のない声で応えた。

「しっかりして。姉ちゃんが看病して、きっと勇ちゃんを治してあげるから」

「心配しなくていいよ。死ぬ前は誰でも、ちょいと苦しい思いをするものさ」

勇助は無理に笑顔を拵《こしら》えて言う。おゆりは、はっとした。やはり勇助は命を取られてしまうのかと思った。

「勇ちゃん、やっぱりそうなの？」

おゆりは勇助と自分との間でしかわからない言葉で訊いた。勇助はこくりと肯いた。

「いつ？　いつなの」

「今すぐでもいいけど、もう少し姉ちゃんの顔を見ていたいから……」

「そうよ。勝手に逝《い》かないでね。ちゃんとあたしがいる時にして」

おゆりは膨れ上がるような涙を浮かべた。

「姉ちゃん、今は倖せかい」

勇助は首を僅かにこちらへ向けて訊いた。

その拍子に手拭いがずるりと落ちた。おゆりが手拭いを取り上げると、それは、かなり温かくなっていた。額に手を当てると、火のように熱かった。傍の水桶に手拭いを浸し、きつく絞って勇助の額に載せた。

「ねえ、どうなのよ」

勇助は返事を急《せ》かす。

「ええ、とっても。皆、勇ちゃんのお蔭よ。うちの人はいい人だし、子供達も元気に育っているから」

「よかった……」

勇助は安堵の吐息をついた。

「もう少し、もう少し、生きていられない？」

おゆりは無駄だとわかっていても、そう言わずにはいられなかった。

「前に言っただろ？ おいら、手前ェで決めた通りにするさ」

やはり、勇助は死んでしまうのだ。おゆりは堪え切れずに泣き声を立てた。

「姉ちゃん、泣かねェでくれ。人が死ぬのは怖いことじゃないんだよ。ちゃんと魂は残って、またいつか人として生きることができるんだよ」

「次の世もきょうだいになると言ったね。あれも本当？」

「ああ」

「でも、この世じゃ、勇ちゃんは、あたしの可愛い弟なのよ。死んじまったら、やっぱり寂しい。どうしたら会える？ 鴨居にとまって見ている？」

「どうかな」

勇助は言いながら低い天井を見回した。とまる場所を探しているような感じにも思えた。

「今夜、こっちに泊ってくれるかい」

勇助はおずおずと言った。それが最後の頼みかも知れなかった。

「ええ、そのつもりよ」

「なら、おいらは明け方に逝くとすらァ」

「……」

「誰にも言っちゃならないよ。姉ちゃんと二人きりで送別の宴をするんだ」

「何か食べたいものはない？　もっともお粥《かゆ》さんしか食べられないだろうけど」

「粥は飽きたよ。そうだ、仏壇に落雁《らくがん》を供えているから、それが喰いたいな。それとぬるい茶を」

「わかった。線香は……」

「まだいらないよ」

勇助は苦笑交じりに応えた。おゆりは仏間に行って仏壇に供えてあった落雁を取り上げた。

「どうするんだえ」

おまつは怪訝そうに訊いた。

「勇ちゃんが、少し食べたいって」

「そうかえ……落雁を食べたら薬湯を飲ませてやっておくれな」

「ええ」

「おゆり、勇助は大丈夫だろうか」

「あたし、今夜はこっちに泊るから、おっ母さんはゆっくり寝てね。明日からまた、忙しいことになるかも知れないから」

おゆりは意味深長な言い方をしたが、おまつは勇助の看病疲れが出ていたせいか、さして気にするふうもなかった。

勇助に落雁を食べさせた後、おゆりはそそくさと晩めしを済ませ、それから、ずっと勇助の傍にいた。勇助が生まれてから今までのことを二人は話し合った。実家の祖母も、神田佐久間町の祖母も、すでに鬼籍《きせき》に入っていた。この二人の最期は静かなものだった。勇助の加護を今さらながら感じる。

「姉ちゃんはたくさんの孫ができるよ。皆、お祖母様《ばば》と慕ってくれるわな」

勇助は、なおもおゆりの将来のことを、あれこれと告げる。

「勇ちゃん、もう先のことは言わなくていいよ。それはあたしと、うちの人が考えることだから。たとい、不幸に遭っても、勇ちゃんが見守ってくれていると思えば、何も怖いことはないもの」

「姉ちゃん、おっ母さんになって強くなったね」

「そう？　勇ちゃんに褒められた。嬉しいな」

「仏壇に毎日ままを供えているかい」

「ええ。時々、忘れてお姑さんに叱《しか》られることもあるけどね」

「時々なら忘れても構やしないよ。忙しかったら、墓参りも無理にすることはない。肝腎なのは死んだ者のことを時々、思い出してやることさ」

「勇ちゃん、のの様なのに墓参りをいらないって言うのは語弊《ごへい》があるのじゃない？」

「いいんだよ、心があれば」

勇助は落雁をうまそうに食《は》みながら応える。

もっとたくさん話をしたかったのに、勇助を目の前にすると、言葉は途切れがちだった。

そうして、障子の外が僅かに白っぽくなった夜明け、「姉ちゃん、そろそろ逝くよ」と、勇助は声を掛けた。

「もう？　もう逝くの？」

「いつまでこうしてても切りがないからね。弔いで姉ちゃんにまた迷惑を掛けると思うから」

「そんなこといいのよ」

「姉ちゃん、今までありがとう」

勇助はふわりと笑った後で、ことりと首を傾げ、そのまま動かなくなった。

おゆりは、しばらく勇助の顔を見ていた。

不思議に涙は出なかった。次の世も、またその次の世もきょうだいになると勇助が約束してくれたからだ。おゆりはおまつが様子を見に現れるまで、もの言わぬ勇助の顔をじっと眺めていた。


本所の埋め堀を幼い勇助は夢堀と呼んだ。

御厩河岸から大川を隔てた向こうに夢堀はある。しかし、おゆりはその後、御厩河岸の渡しから本所へ行って夢堀を見る機会はなかった。

その眼で見ていないから、夢堀への想像は却《かえ》って膨らむ。そこはおゆりにとって、幽玄の心地《ここち》のする美しい堀に思えてならない。

子供達を連れて神田佐久間町のおまつの実家を訪れる途中、おゆりは御厩河岸の渡し場の傍を通る。すると決まって勇助を思い出した。

御厩河岸の向こうにある夢堀は今も、これからもあるだろう。勇助の前世の記憶がある場所だった。

前世の記憶など、なくても一向に構わないと、おゆりは思う。人はこの世で生きるのがすべてだからだ。

おゆりは子供の手を引いて道を急ぐ。

「姉ちゃん」という可愛い声は、勇助のものなのか、武次が姉のおきたに呼び掛けるものなのか、時々、おゆりは判断に迷う。

勇助はいつも自分の傍にいるから、見守ってくれているから、ちっとも寂しくないと、自分の胸に言い聞かせる。けれど、決まって眼は濡れる。

寂しいと言ってしまえば、いっそ楽だ。それでもおゆりは勇助との約束を守って、悲しい顔を周りには見せず生きていこうと固く肝に銘《めい》じているのだった。

隠善資正《いんぜんすけまさ》の娘

八丁堀

一

明日は雨になるのだろうか。夜風がやけに生ぬるい。海賊橋《かいぞくばし》の袂《たもと》にある辻番小屋《つじばん》の提灯《ちょうちん》の灯《あか》りも滲《にじ》んでいるように見えた。陰暦八月は、暦の上では秋になるのだが、残暑はまだまだ衰えない。

海賊橋を渡り、八丁堀界隈《はっちょうぼりかいわい》に入ると、隠善資正《いんぜんすけまさ》の足がふと止まった。

「お寄りになりやすかい」

中間《ちゅうげん》（武家の奉公人）の弥助《やすけ》が心得顔で訊《き》いた。弥助は二十三の若者である。隠善家に奉公するようになって、まだ三年ほどしか経《た》っていない。鷹揚《おうよう》な人柄と気配りのある行動をするので隠善は重宝していた。少々お喋《しゃべ》りではあるが。

隠善はひとつ吐息をつくと「いや、今夜はよしにしよう。これから行くと戻りが遅くなるゆえ」と応《こた》えた。

「さいですか」

弥助は気落ちしたような声で言った。隠善は坂本町《さかもとちよう》二丁目の路地の辺りを一瞥《いちべつ》すると北島町《きたじま》の組屋敷へ向かって歩みを進めた。

隠善は北町奉行所の吟味《ぎんみ》方同心《かたどうしん》を務めている。吟味方は咎人《とがにん》の詮議《せんぎ》をする部署で、与力《よりき》十騎の下に同心が二十人控えている。四十九歳の隠善は同心として古参の部類に入るだろう。隠善の目方は若い頃とさほど変わっていないが、頭髪はすっかり白かった。そのために陰では隠善の爺《じじ》ィと呼んでいる者もいた。

捕縛《ほばく》された咎人は自身番から茅場《かやば》町の大番屋や本材木《ほんざいもく》町の三四《さんし》の番屋に連行されて詮議を受ける。素直に白状すれば、そこで口書《くちが》き（供述書）を取り、爪印《つめいん》を押させて小伝馬《こでんま》町の牢《ろう》屋敷へ送り、後はお白州《しらす》で奉行の裁きを待つだけである。ところが、中には頑《かたく》なに白状しない者もいた。そんな時は吟味方が奉行に仕置きを申請する。

奉行はさらに幕府の老中へそれを申請する。老中の許可が得られると牢屋敷の拷問《ごうもん》蔵《ぐら》で仕置きを加えた詮議となる。

その日の拷問蔵の詮議は塚次《つかじ》という三十二歳の商家の手代《てだい》だった。押し込みの手引きをした廉《かど》で捕縛されたのだ。

塚次が奉公していたのは浅草の両替商「田上屋《たがみや》」だった。塚次は口入れ屋（周旋業）

を介して七年ほど前から田上屋に奉公していた。

商家の奉公人は十歳ぐらいから小僧として住み込み、やがて手代、番頭に直るのが普通だが、田上屋は他の両替商に比べて奉公人の給金も少なく、食事も粗末だった。そのために奉公人の顔ぶれがくるくると変わる店だった。主《あるじ》の田上屋与兵衛《よへえ》は懇意にしていた馬喰《ばくろ》町の口入れ屋に頼んで、時々奉公人の補充をしていた。塚次は算盤《そろばん》の腕があったことから、あっさりと田上屋に雇われたのだ。

七年もの間、じっと田上屋で辛抱していたのだから押し込み連中もなかなか用意周到なものだと隠善は内心で感心していた。

田上屋はひと月前の真夜中に押し込みに襲われ、主夫婦、息子夫婦、息子の三人の子供達が殺害され、店にあった三百両ほどの金を奪われた。奉公人達は主一家を助けることもせず、早々に逃げ出していた。それも人々の格好の話の種となったものだ。薄情な奉公人を作ったのは主の自業自得だと。

塚次が押し込みの手引きの疑いが掛けられたのは、調べを進める内、田上屋の前に勤めていたという店が、ことごとくでたらめだったからだ。塚次は深川の岡場所《おかばしょ》の妓夫《ぎゆう》(客引き)をしていた男だった。岡場所の妓夫が押し込みの一味になるのは考えられないことでもない。その他《ほか》にも塚次には色々不審な点があった。

夜遅く縄暖簾《なわのれん》の店で人相のよくない男と何やらしんみり話し込んでいたり、山谷《さんや》の舟宿《ふなやど》から出て来るのを人に見られている。

押し込みの一味は舟で逃走したふしもあったから、塚次はその段取りをつけていたのだろうと隠善ら吟味方の面々は考えていた。

吟味方は塚次に白状させて押し込みの一味を捕縛しようとしたが、塚次は知らぬ存ぜぬの一点張りだった。仕方なく仕置きによる詮議となったのだが、塚次は血泡を噴いて気を失っても、無実を訴えていた。

まあ、金を手にした一味は、その内に派手に散財するだろう。そういう者をしょっ引《ぴ》いて事情を訊けば、いずれ一人、二人と捕まるはずだ。ひとまず塚次を牢に留め置いて様子を見ることにした。

その日の塚次の詮議を終え、牢屋敷から奉行所へ戻り、ようやく自宅へ戻る頃には、外はとっぷりと暮れていた。

弥助はそれまで空《す》きっ腹を抱えながら、じっと隠善を待っていたのだ。隠善家に仕える中間だから当たり前と言えば当たり前の話だが、隠善は主人顔でふんぞり返っている男ではなかった。弥助の労をねぎらい、時にはちょいと一緒に酒を飲むこともあった。その夜も弥助は内心、期待していたようだ。

隠善がまっすぐ帰宅しようと思ったのは塚次のことを一人になって考えたかったからだ。

きつい仕置きをされても白状しないところは単なる男の意地だろうか。妓夫をしていたというだけで吟味方は押し込みの一味と決めつけていないだろうか。隠善は塚次の苦痛に歪《ゆが》んだ表情を思い出し、そっとため息をついた。

「おみよちゃん、今夜あたり旦那《だんな》が来ないかなあと思っているんじゃねェですか」

弥助は隠善の気を引くように言う。

坂本町二丁目の路地には「てまり」という縄暖簾の店があった。近頃、隠善が贔屓《ひいき》にしている店だった。てまりは酒よりも置いている女中目当てで客が集まる店だった。間口二間の狭い店に若いのから年増まで五人の女が奉公している。首を真っ白に塗った女達が毎夜、客に愛想を振り撒《ま》いている。

真面目《まじめ》が取り柄《え》の隠善が通う店にしては、いささかふさわしくない。しかし、誘われたらもちろん、弥助は喜んでついて行った。

隠善はおみよという十九歳の娘にいたく執心していた。旦那も男だから若い女に気を魅《ひ》かれるのだなと弥助は思っているようだ。だが隠善には、おみよをどうにかしたいという下心はなかった。それは、奉行所の役人だからという理由ではなかった。

酒を飲むだけで引き上げる隠善をてまりの主と女将《おかみ》は奇特な客だと半ば感心し、半ば呆《あき》れてもいるようだ。

「今頃は店も客で立て込み、落ち着いて酒を飲む雰囲気ではないだろう」

隠善は宥《なだ》めるように弥助へ言った。

「へい、今夜は諦《あきら》めまさァ。坊ちゃまやお嬢様も旦那のお帰りをお待ちしていらっしゃいますしね」

「ふむ……」

隠善は肯定とも否定とも取れるような返事をした。隠善には十六歳下のしずという妻との間に二人の子供がいた。息子の資清《すけきよ》は十二歳、その下の千鶴《ちづる》という娘は、まだ八歳だ。

同い年の男達に比べ、隠善の子供は小さい。それもそのはず、しずは隠善の後添《のちぞ》えだった。しずが隠善の許《もと》へ輿《こし》入れしたのは、十八歳になったばかりの時だった。自分のような者の後添えになるより、独り者の男が山ほどいるからと最初は断ったのだが、しずは聞かなかった。

「わたくしは資正様の奥様になりたいのです。資正様をお元気にして差し上げたいの」

しずは丈夫そうな歯を見せて笑った。お世辞にも美人とは言い難いが、愛嬌《あいきよう》のある顔をしていて明るい性格でもある。しずは奉行所の例繰方《れいくりかた》同心樋口《ひぐち》佐兵衛《さへえ》の妹だった。佐兵衛と隠善は子供の頃からの友人同士である。

「しずがいいと言ってるんだから、資正、貰《もら》ってやってくれ。朝から晩までお前の話しかしないのだ。うるさくて敵《かな》わぬ」

佐兵衛は苦笑交じりに言って縁談を勧めた。

隠善の母親も隠善が早く新しい妻を迎えてほしいと思っていたので、その話はとんとん拍子に進んだ。そのお蔭《かげ》で隠善は二人の子の父親となり、曲がりなりにも倖《しあわ》せな家庭を築くことができたと思う。しずには感謝している。しかし、隠善は前妻と娘のことを忘れた訳ではなかった。

いや、娘は、今でも生きているのではないかという思いが拭《ぬぐ》い切れなかった。

二

北島町の組屋敷内にある自宅に戻ると、玄関の式台にしず、資清、千鶴の三人が揃《そろ》って隠善を迎えた。弥助は隠善が玄関に入ると一礼して中間固屋《ごや》に戻った。中間固屋は勝手口の向かい側に建っており、そこに弥助と下男の茂吉《もきち》が寝泊りしていた。

「今、帰った。おや、千鶴はまだ起きていたのか。めしは喰《く》ったのか」

隠善は腰の物をしずに渡しながら娘に訊いた。

「まだですよ。母上がもう少しお待ちなさいと言うんですもの」

千鶴は唇を尖《とが》らせる。

「そうか。遅くなって悪かったな。ささ、一緒にめしを喰おう」

「父上、わたしは道場の先生から腕を上げたと褒《ほ》められました」

前髪頭の資清が横から口を挟《はさ》む。

「ほう、それは大したもの」

隠善は大袈裟《おおげさ》に驚いた表情をした。

「あの先生は、どなたにもそうおっしゃるのですよ。お世辞をまともに取って、おめでたい子だこと」

しずはさり気なく息子を制する。

「お世辞じゃありません。本当のことですよ」

資清はむきになる。

「そなたの母上は夢のないことばかり言うおなごだから、資清、気にするな」

資正は千鶴の肩に腕を回して言った。

「わたくしが、いつ夢のないことばかりを申し上げまして？」

しずはきつい眼で隠善を睨《にら》んだ。

「いや、それは……」

言葉に窮した隠善を千鶴は「父上の負け」と嬉《うれ》しそうに言う。

「そうだ、そうだ。父上はいつも母上に敵わない。おしず大明神様だからなあ」

隠善は冗談交じりに応えた。

「おしず大明神、おしず大明神！」

千鶴は声を張り上げる。しずはたまらず噴き出していた。

遅い晩めしを摂《と》り、子供達が床《とこ》に就《つ》くと、隠善は書物部屋に入り、文机《ふづくえ》に頬杖《ほおづえ》をついた。

疲れが出たせいか塚次のことを考える気持ちは失《う》せていた。そのくせ、てまりに行かなかったもの足りなさは募《つの》る。

（下らない）

隠善は自嘲《じちょう》的に独りごちた。

「本日のお務めは大変でございましたか」

茶を運んで来たしずがそっと訊いた。

「てまりさんにお寄りになるのかと思っておりましたが」

「ああ」

「いや、あれから寄っては戻りが四つ（午後十時頃）過ぎになってしまう。この年になると翌日に疲れが残って駄目だ」

「お年だなんておっしゃらないで。子供達はまだ小さいのですから、旦那様にはもうひと踏ん張りしていただかなければ」

「わかっておる」

「てまりさんのおみよという女中は亡くなった奥様に似ていらっしゃるのでしょう？」

しずは訳知り顔で訊いた。

「誰がそのようなことを」

「茂吉ですよ。弥助は前の奥様のお顔は知りませんからね。茂吉は旦那様が度々てまりさんへおいでになるので、心配して様子を見に行ったのですよ。てまりさんはあまり評判のよろしい店ではございませんからね」

茂吉は隠善が少年の頃から家にいた下男である。とうに六十は過ぎていたが、身よりがないので最期まで隠善が面倒を見るつもりだった。それは亡き母親からも言い含められていたことだ。

　隠善の母親は千鶴が生まれた年に病を得て亡くなっていた。母親のまさは隠善の倅せを見届けてから永い眠りに就いたのだ。それでも行方知れずになっている孫娘の千《ち》歳《とせ》のことはずっと案じていた。

　しずの前では口にしなかったが、隠善と二人だけになると決まって千歳の名が出た。生きておれば今年十歳だとか、十二歳になったとか。前妻のたえは葬儀を出しているので、納得していただろうが、千歳については行方知れずのままなので、母親のまさはいつまでも諦めがつかなかったのだ。それは隠善とて同じだった。

「茂吉は、旦那様がてまりさんをご贔屓になさるのも無理のないことと言っておりました。それほどおみよという女中が前の奥様と似ているからでしょうね」

　しずは低い声で続ける。

「いやそれは、前の女房が忘れられないということではないのだ。あの女中の顔を見て懐かしい気持ちになっただけだ。それでどうこうしようという話でもないのだ」

　そう言いながら、隠善はどこか言い訳がましいものを自分に感じていたが、しずの手前、そう言うしかなかった。

「前の奥様はまだ二十三でしたものねえ、無理もありませんよ。これからだっていう時に」

「そなた、悋気《りんき》（嫉妬《しっと》）はしておらぬのか」

隠善は上目遣いでしずに訊く。その拍子にしずは掌《て》を口に当てて笑った。

「ばかばかしい。旦那様と十五年も一緒に暮らしているのですよ。旦那様のお気持ちはよくわかっております。それに、憚《はばか》りながらこのしず、飲み屋の女中に悋気するほど了簡《りょうけん》の狭いおなごではございませんよ」

「それを聞いて安心した」

「でも……」

しずは笑いを引っ込めると真顔になった。

「でも何んだ」

「わたくしも一度、てまりさんに行ってみたい」

「……」

「前の奥様のことはわたくしもよく覚えておりますよ。お美しい方でしたもの。わたくしのような豆狸《まめだぬき》とは雲泥の差ですよ」

「自分から言うこともあるまい。しずには愛嬌がある。おなごは愛嬌が肝腎《かんじん》だ」

「そう思って下さいます？　嬉しい」

しずは無邪気に笑った。

「ささ、夜も更けた。そろそろ休まなければ明日にこたえる」

隠善はしずの話を切り上げるように言った。

「さようですね」

しずは盆に隠善の湯吞《ゆのみ》を載せて台所へ下がった。大きく伸びをした時、おみよの寂し気な横顔が隠善の脳裏を掠《かす》めた。

三

あれは十六年前の夏の夜のことだった。

隠善は三十三歳の男盛り、働き盛りだった。

たえを妻に迎え、二人の間に生まれた千歳は三歳だった。可愛《かわい》い盛りで隠善が夜遅く帰宅しても必ず蒲団《ふとん》から抜け出て茶の間に顔を見せた。隠善は「ちいたん」と千歳を呼んだ。

まだ幼くて自分のことを千歳と言えなかった。ちいたんは千歳が自分で自分のことをそう言ってから渾名《あだな》になったのだ。

娘というものは不思議なものだ。幼くても女の色香がそれとなく備わっている。抱き上げると柔らかく、肌の匂《にお》いは花のように甘い。隠善の膝《ひざ》に乗り、ちいたんはねえ、と愚にもつかない話をする声さえ天の使いのように思えたものだ。

その夜、隠善は牢屋敷での下手人の詮議に手間取った。おまけに帰りは同僚に誘われて居酒屋で一杯引っ掛けたものだから、自宅に戻ったのは夜の四つを過ぎていた。自宅に戻ると、玄関の戸はぴったりと閉ざされていた。帰りが遅いのに腹を立て、たえが鍵《かぎ》を掛けたのかと最初は思った。灯りも消えていた。どんどんと玄関の戸を叩《たた》いたが誰も出て来る様子がなかった。間の悪いことに母親は友人達と川崎大師《かわさきだいし》へお参りに行って留守にしていた。下男の茂吉もその時刻はとうに床に就いている。隠善は取り残されたような気分だった。勝手口の戸も閉まっていたら茂吉を起こしてその夜は泊めて貰うしかないとも思っていた。

たえは千歳の世話で相当に疲れている様子だった。そこへ自分の帰りが遅いとなればいらいらも募る。隠善の締め出しを図りたくなる気持ちもわかる。

幸い、勝手口の戸は施錠されていなかった。

隠善は心底ほっとして中へ上がり、大声で妻の名を呼んだ。しかし、何んの返答もなかった。いつもは眼を覚まして起きてくる千歳の声も聞こえなかった。それどころか女中のおくめも気がつく様子がなかった。

これはたえが千歳とおくめを連れて実家へ戻ったのだろうかとも考えた。たえの実家は北島町に近い亀島町《かめじま》にある。

隠善は台所の傍にある女中部屋の障子の前で「おくめ、起きてくれ」と言った。だが、やはり返答はなかった。家の中は真っ暗で何も見えない。隠善は手燭《てしょく》に灯をともし、それを手にして奥の間へ行った。

蒲団は敷いてあったが、そこにたえと千歳の姿はなかった。やはり実家に戻ったのか。

隠善は舌打ちした。酔いは醒《さ》めたが、ひどく喉《のど》が渇いた。隠善は水を飲むために台所へ戻ろうとしたが、ふと縁側に白いものが眼についた。手燭をかざすと、それはたえの白い裸身だった。たえは素っ裸だった。

隠善は動転して、危うく手燭を取り落とすところだった。

「たえ！」

隠善は妻の肩に手を触れたが、たえの身体《からだ》はすでに冷たくなっていた。呆然《ぼうぜん》と立ち尽くしていた隠善の紺足袋《こんたび》が湿った。

縁側の床は水をこぼしたように濡《ぬ》れていたのだ。雨戸を開けると、そこには盥《たらい》が出してあり、どうやらたえは行水をしている最中に何者かに襲われたらしい。茂吉を呼ぼうとしたが、ふとたえの裸が人目に晒《さら》されるのを恐れ、そっと浴衣《ゆかた》を掛けた。それから大騒ぎとなってしまったが、気になるのは、そこに千歳とおくめの姿がなかったことだった。

たえを襲ったのは、その頃隠善家に奉公していた六助《ろくすけ》という十八歳の中間だったらしい。

らしいというのは、その六助がその夜から姿を消していて、二、三日してから向こう柳原《やなぎわら》で首を縊《くく》って果てていたのを発見されたからだ。

六助は罪の重さに耐えかねて自害したというのが当時の奉行所の見解だった。

千歳の行方は杳《よう》として知れなかった。恐らくは泣き喚《わめ》く千歳の始末に困り、六助はどこかでおくめと一緒に亡き者にしてしまったのだろう。しかし、千歳とおくめの亡《なき》骸《がら》は見つからなかった。見つからないからこそ、隠善は千歳を諦められないのだ。

おみよを知ったのは仕事絡《がら》みからだった。

八丁堀は奉行所の役人達が居住する地域である。そこで岡場所まがいの商売をする店があると聞けば奉行所は捨て置くことができない。てまりは奉行所の手入れを受け、何度か科料に処された店だった。それでもほとぼりが冷めると、またぞろてまりの主と女将は店の女中達に怪しげなことをさせていたらしい。おみよという娘も恐らく客を取らされていたことだろう。

おみよと直接口を利いたのは、てまりの手入れで女達を奉行所の牢に収監し、一人ずつ事情を聞いた時だった。一年前のことである。

おみよは「あたしは何もしておりません。お客様にお酌するだけでした」と、主と女将に言い含められていたように応えた。

ぶっきらぼうな娘だった。年はその時、十八歳だと言っていた。

「ずっとてまりに勤めていたのか」

隠善はそう訊きながら、おみよの顔をじっと見た。その時、髪の生え際の感じが、どこか亡き妻と似ている気がした。

「いえ、てまりに奉公するようになったのは、半年ほど前からです。それまでは家の手伝いをしておりました」

おみよは隠善の視線を避けるように俯《うつむ》いた。

「家は何んの商売をしておるのだ」

「百姓ですよ、それも小作の。お父《と》っつぁんは次の年の種籾《たねもみ》の工面ができなくてあたしによそへ奉公しろと言ったんです。奉公先もお父っつぁんが決めたんです」

「それがてまりになるのか」

「ええ……」

「てまりがどんな店か父親は知っていたのか」

「お客にお酒を飲ませる店だと言っただけです」

「そうか？」

「そうです」

おみよは顔を上げ、隠善を睨むように応えた。おみよは奉公が浅かったせいで咎めを受けることはなかったが、他の何人かは小伝馬町の牢に収監され、主も科料の沙汰《さた》を受けた。

隠善はそれからしばらくして、てまりを訪れた。おみよが気になっていたせいだ。

おみよは隠善が店に入って行くと、一瞬、驚いたような表情をしたが「嬉しい。旦那、来て下さったんだ」と、商売用の笑顔を見せた。

その時は佃煮《つくだに》と冷奴《ひややっこ》で三合の酒を飲むと「また来るよ」と、隠善はあっさり腰を上げた。

おみよは「きっとね、きっとだよ、旦那」と念を押した。そっと祝儀を渡すと、おみよは怪訝《けげん》な顔をした。

　祝儀の意味に、おみよはあれこれ頭を巡らしているふうだった。たとえば、店の内証のことを、こっそり知らせろというような。だが、二度、三度と通う内、隠善に他意がないと悟ると、ようやく客の一人として扱ってくれるようになった。

四

　隠善は日が経つほどに、もしかしておみよが千歳ではないかという思いが募った。それをはっきりと確かめることは、一方では怖い気もした。行方知れずの娘が怪しげな店の女中になっていたと知ったら他人はどう思うだろう。世間体が隠善を及び腰にさせる。

　だが、おみよは気になる。この一年、隠善は曖昧《あいまい》な気持ちのまま、てまりに通い続けていたのだ。

　田上屋の手代塚次はとうとう押し込みの一味であることを白状したが、親方に命じられて手引きをしただけで、仲間の名前も素性も知らないと言った。盗賊の親方は関東一円で盗み働きをしている竜巻《たつまき》の伊蔵《いぞう》という男だった。突然現れて商家を襲い、あっという間に姿を消すことから、そんな渾名がついたらしい。手下も三十人近くいるようだ。

伊蔵は慎重な男で身近にいる手下以外、仲間を決して信用しなかった。それどころか下っ端を平気で切り捨てる残酷な一面も持っている。塚次が捕まったところで伊蔵は痛くも痒《かゆ》くもなかったはずだ。

隠善はその伊蔵が塚次と直接繋《つな》ぎをつけたことが解せなかった。これは仕置きに耐えかね、楽になりたくて塚次がでたらめを言ったものかとも考えた。しかし、塚次以外、竜巻の伊蔵の手下は誰一人捕まえることができなかった。塚次だけでも処罰しなければ奉行所の威信に関《かか》わる。そう考えて自白を強要したのだ。後味は悪かったが、塚次に死罪の沙汰を下して、ひとまず奉行所は田上屋事件の溜飲《りゅういん》を下げたのだった。

隠善が弥助と一緒にてまりの縄暖簾を搔《か》き分けたのは、塚次に沙汰が下って四、五日経った夜のことだった。中へ入ると店は結構な客の入りだった。

普請現場で建て前のあった大工が、建て主から振る舞われた祝儀で仲間とともにてまりへ繰り出したらしい。七、八人の大工達は早くから飲んでいたらしく、かなり酔っていた。

「ちょいと騒がしいですけど、旦那、大目に見て下さいね」

おみよは眉間《みけん》に皺《しわ》を寄せた困り顔で隠善に言った。

「賑《にぎ》やかで結構じゃないか」

隠善は鷹揚に応えた。おみよは飯台の隅に隠善と弥助を促した。大工達は店の女中の肩を抱きながら上機嫌で胴間声を張り上げ唄《うた》をうたっている。

ヤートコセ、ヤレ、コノマカショの合《あい》の手が入るのは、近頃町人達の間ではやっている端唄《はうた》である。てまりの女中達は一斉に手拍子を打っていたが、その手拍子は少し変わっている。ぱんぱんと普通の調子を刻みながら、合の手の入る寸前でぱぱんと速くなるのだ。

隠善は真似《まね》しようとしたが、どうもうまく行かなかった。若い弥助はすぐに呑み込んで一緒に調子を合わせた。その手拍子はてまり独自のもののようだ。おみよも皆に倣《なら》って鮮やかに手拍子を決める。しかし、隠善の眼には、どこかおざなりな感じが否めない。商売だから、仕方なくやっているというふうだった。

「相変わらず元気だな、この店の女中達は」

隠善は苦笑交じりに弥助に言った。

「さいです。水商売もこれで結構難しいもんですよ。客にしなだれ掛かって色気を出すだけじゃ駄目ですよ。おもしろおかしく客を喜ばせるようでなくては」

そう応えた弥助に隠善は低く笑った。

「ですが、旦那はもっと品のいい店の方が落ち着くんじゃねェですか」

弥助は隠善の猪口《ちょこ》に酌をしながら続ける。

「まあな」

「おみよちゃんが気になるから通うんでげしょう?」

「そう見えるか」

「見えますよ。この間、ここの女将に、あっしはこっそり囁《ささや》かれたんですよ」

「何を?」

「おみよちゃんと遊ばないかってね」

「……」

「もちろん、断りやしたよ。旦那のお気に入りのおみよちゃんに手を出すつもりは毛頭ありやせんから」

弥助は慌てて取り繕った。

客に飲み喰いさせるだけでは店が立ち行かない。てまりの女将はそう考えて、手っ取り早く弥助に声を掛けたらしい。隠善では埒《らち》が明かないと思ったようだ。仕方のないことだが隠善は不愉快だった。

気持ちを落ち着けるために隠善は腰の莨《たばこ》入れから煙管《きせる》を取り出した。

「旦那、お莨盆をどうぞ」

おみよが笑顔で近づいて隠善の傍に莨盆を置いた。

「おお、気が利くな」

隠善はおみよを見た途端、だらしなく相好を崩した。

弥助はふっと笑い、厠《かわや》へ行くふりをして席を離れた。

「旦那のお屋敷は北島町にあるんでござんしょう？」

おみよは隠善が吐き出した煙の行方を追い掛ける眼をして訊く。首を白く塗っているので顔が少し浅黒く見える。襟許《えりもと》を広く開けた着付けをして、頭は薄紅色のてがらの端を後ろへ垂らしている。ひと目で水商売の女とわかる恰好《かっこう》だった。だが、おみよは皺もしみもないびろうどのような肌をしていた。

「知っていたのか」

「ええ。旦那が奥様とお子様と一緒に薬師堂の縁日にいらしたのをお見掛けしました。何んとなく後ろをついて行ったら、北島町の組屋敷へお入りになったんで、ああ、ここにお住まいなのかと思ったんですよ」

薬師堂は八丁堀の茅場町にあり、八日と十二日の縁日には露店が軒を連ねる。隠善は家族を伴って出かけた時のことを思い出した。

「声を掛ければよかったじゃないか」

「とんでもない。あたしのような女が声を掛けたら奥様やお子達が迷惑しますよ。もちろん、旦那にだって」

「そんなことはないぞ。家内はお前の顔が見たいと言うておる」

「なぜですか」

「なぜって、それはそのう……」

隠善はうまい言い訳ができなかった。

「旦那。奥様は心配なさっているのですよ。もうこの店に通うのはよしにした方がいいのじゃござんせんか」

おみよはそんなことを言った。主や女将が聞いたら眼を吊《つ》り上げて怒るはずだ。

「商売っ気のない女だな」

隠善は皮肉な笑みを洩《も》らした。

「旦那は女と遊べないお方だ。最初《はな》っからわかっておりましたよ」

おみよは隠善の視線を避けて言う。

「まあ、お上の役人をしているからな」

「そうじゃありませんよ。お役人だって男ですもの、こっそり遊んでいらっしゃる方もおりますよ」

「おれでは商売にならんという意味か」

隠善は灰吹きに煙管の雁首《がんくび》を打って灰を落とすと、少し声を荒らげた。

「そんなにはっきりおっしゃっちゃ、身も蓋《ふた》もありませんよ」

おみよは薄く笑って隠善の猪口に酌をした。

「おれには行方知れずとなっている娘がいるのだ。生きておれば、お前と似たような年頃だ」

隠善は思い切って言った。言ってしまうと胸の中にわだかまっていたものが不思議に消えるような気がした。

「本当ですか」

おみよのぼんやりした眼が、その拍子に大きく見開かれた。

「ああ」

「あたし、その娘さんと似ているのですか」

「娘は三歳頃にいなくなったから、お前が似ているかどうかわからんが、亡くなった家内とは面差しに似ているところがある」

「そうだったんですか。だからこの店に通って下さったんだ……ごめんなさい。旦那のお気持ちも知らずに勝手なことを言って」

おみよはすまない顔で詫《わ》びた。それをきっかけに隠善は早口で訊いた。

「お前のてて親と母親の名は何んという」

「どうしようと言うんですか」

おみよは訝《いぶか》しそうに隠善の顔を見つめた。

「気になることがあるのだ。話せ」

「まさか旦那はあたしがその娘さんだとでも思っていらっしゃるんですか」

「…………」

黙った隠善におみよはアハハと笑った。

「そんな訳はありませんよ。こんな薄汚い店の女中が旦那の娘だなんて……もしも、それが本当だったら、旦那はどうなさるおつもりですか。あたしをお屋敷に引き取って、きれえな着物を着せて、それで嫁入り先でも探しますか？」

「…………」

「ほら、ぐうの音《ね》も出ない。余計なことは考えない方が旦那のためですよ。奥様もお子達もいらっしゃるのですから、今の倖せを大事になすって下さいましな」

おみよはそう言うと隠善の傍から離れた。

「弥助、引けるぞ」

隠善は立ち上がり、奥の床几《しょうぎ》で女中の肩に腕を回していた弥助に言った。女将が愛想笑いで出て来ると「旦那、またお越し下さいまし」と阿《おもね》るように言った。隠善は返事をしなかった。

五

隠善は奉行所の中間の一人に、こっそりおみよの素性を探らせることにした。弥助では妙な勘繰りをされそうな気がしたからだ。

中間の磯太《いそた》は、普段は奉行所内の雑用をこなしているが、捕物になれば身拵《みごしら》えして捕吏《ほり》に加わる三十二歳の男である。弥助と違い口数が少なく、とっつきづらい面はあるが、仕事は真面目だった。

「てまりの手入れがございました時、女中達のことは調べておりますので、帳簿に残っているはずです。さほど手間は掛からないと思います」

磯太は分別臭い顔で言った。

「そうか。頼むぞ」

隠善はほっとして磯太の肩を叩いた。

「それより隠善様。塚次のことはお聞きになりましたか」

二人は庭の見える奉行所の廊下で立ち話をしていたが、磯太は人影のないことを確かめてから隠善に言った。

「塚次がどうした」

「本所《ほんじょ》に、以前、竜巻の伊蔵の子分だったという男が一膳《いちぜん》めし屋をやっているんですよ。六十を幾つか過ぎた年寄りで、今まで竜巻のことはおくびにも出しませんでしたが、田上屋の押し込みがあった後で、客の一人にそっと、あれは竜巻の仕業ではないと洩らしたそうです。竜巻の一味は、いたいけな子供にまで手を掛けることは決してしないということでした」

「それはまことか」

隠善は驚いて眼を剝《む》いた。

「へい。土地の御用聞き（岡《おか》っ引《び》き）も話を聞いておりますので、間違いないでしょう」

「しかし、塚次にはすでに死罪の沙汰が下っておる。今さらそれを覆《くつがえ》すのは……」

隠善は歯切れ悪く言った。

「へい。ですがお奉行様は内《うち》与力様に事件の洗い直しをお命じになったそうです。塚次は竜巻のことを四十五、六の男だと言っておりましたが、実際は一膳めし屋の親仁《おやじ》と同じような年頃だそうです。塚次は噂《うわさ》で聞いた竜巻の人相を喋ったただけでしょう」

内与力は奉行に直属していて、内々の御用をこなす役目だった。その者が動き出したということは裁きのやり直しも十分考えられる。

「我ら吟味方の面目は丸潰《つぶ》れだの」

隠善は吐息交じりに呟《つぶや》いた。恐らく、塚次の無実が証明されたら、吟味方は奉行より叱責《しっせき》されることは間違いないだろう。

「しかし、刑が執行された後でそういう噂が立っては取り返しがつきません。不幸中の幸いではないでしょうか」

磯太は上目遣いで隠善を見ながら言った。

「まあ、そう考えるより致し方あるまい。これから吟味方の面々にその話を伝え、我らも何か策を練らねばなるまい」

「隠善様、この話がわたしから出たということは……」

磯太はつかの間、心細い表情になった。内聞にしてほしいということだった。

「心得ておる。お前の名は出さぬ」

「畏《おそ》れ入ります」

磯太は慇懃《いんぎん》に頭を下げると、その場を離れた。

隠善は両手を後ろに組み、松や楓《かえで》の植わっている庭を眺めた。敷き詰められた白い玉砂利に木洩《こも》れ陽《び》がちらちらと揺れている。人はふとした拍子に思ってもいない不運に見舞われることがある。それは自分ではどうすることもできない。

前妻と娘を失った隠善がそうなら、塚次もそうだ。不運が起きた後で、ああしたらよかった、こうしたら不運を回避できたかも知れないと、くどくどと悔やむのだ。塚次の話をもっと親身に聞いていればよかったと隠善は後悔した。隠善は塚次が押し込みの一味でないかも知れないと、頭の片隅で思ったこともあったからだ。それは長年同心として務めてきた勘でもあった。その勘を重く見なかったのは、おみよのことに気を取られていたせいだ。今さら言い訳しても始まらないが。

隠善は重い気持ちを抱えながら与力・同心が詰める部屋へ向かっていた。

田上屋事件で新たな展開があったのは、それから間もなくだった。隠密廻《おんみつまわ》りの同心が吉原《よしわら》で派手に散財していた男達の情報を仕入れてきた。五人の男達は、それまで吉原に顔を出したことのない連中だった。

吉原で遊ぶためには、それなりの流儀がある。五人の男達は金を出せばいいだろうと言わんばかりに、連日連夜の乱痴気騒《らんちきさわ》ぎをして大門《おおもん》前の面番所《めんばんしょ》に詰めていた隠密廻りに眼をつけられたようだ。大門が閉じられる引け四つ（深夜零時頃）、北町奉行所の捕吏は一斉に吉原へ出動し、江戸町《えどちょう》一丁目の遊女屋で妓《おんな》を抱えて床入りしている男達を捕縛した。

男達は江戸近郊の村から出稼ぎに出て来た椋鳥《むくどり》で、仕事がうまく行かず、帰りの路銀にも詰まり犯行に及んだらしい。

この五人の押し込みが首尾よく運んだ次第に隠善は怪訝な思いを抱いたものだ。五人はそれまで悪事を働いたことのない連中だったからだ。用意周到に計画を練ったふしもなかった。いずれも十代から二十代前半の若者達で、押し込みもその場の勢いで行なわれたらしい。なぜか証拠らしい物も見つからなかった。割を喰ったのが塚次だったのだ。

解き放ちになった塚次は、疑いが晴れたことを喜ぶ様子ではなかった。どこか気の抜けた表情だった。娑婆《しゃば》に戻っても、勤め先はない。田上屋は引き継ぐ者もおらず、そのまま潰れてしまったからだ。塚次がこれからどうするのか、他人事ながら隠善は心配だった。

「全く、この世の中、何が起きるか知れたもんじゃございませんね」

弥助はてまりの床几へ座り、湯豆腐の鍋《なべ》をつつきながら言った。めっきり秋めいてきた今日この頃、酒のあても温かい物がふさわしい。弥助は田上屋の押し込みが捕まったことや塚次が解き放ちになったことに大層驚いていた。

おみよは隠善が追加した酒を板場へ取りに行っていた。おみよをどうするか。隠善はぐつぐつと音を立てている土鍋を見つめながら思った。磯太は本所の押上《おしあげ》村に行き、おみよの実家を訪ねて事情を聞いたが、手掛かりは摑《つか》めなかった。おみよは父親の実の娘ではなく、母親の連れ子だったらしい。

そこまで聞いて、隠善はもしやという淡い期待を抱いたが、肝腎の母親はおみよがてまりに奉公する一年前に亡くなっていた。結局、おみよの実の父親のことはわからず仕舞いだった。それでも隠善はおみよが千歳ではないかという気持ちを拭い切れなかった。自分の勘を信じたい気持ちもあった。

「旦那、聞《じ》いていなさるんですかい」

弥助は焦れたように訊く。

「あ、ああ。聞いているよ」

「あの塚次もついていねェ野郎ですよね」

「そうだな。だが、我々も、ちとお先走ったふしがあるから、塚次には気の毒なことをした」

「塚次は田上屋へ入る時、岡場所の妓夫をしていたことを隠しておりやす。正直に伝えていたら疑いは持たれなかったと思いますぜ。身から出た錆《さび》ですよ」

「したが、正直に伝えたら田上屋は塚次を雇わなかっただろう」

「それもそうですけど……あ、豆腐、煮えてますぜ。取りやしょう」

弥助は隠善の小丼に豆腐をよそった。

「おまちどおさま」

おみよはちろりを携《たずさ》えて戻ってくると、隠善の隣りに座って酌をした。

「お前の実家は押上村だそうだな」

隠善はさり気なく言った。

「ええ、そうです」

「お前は母親の連れ子で、てて親とは血が繋がっていないのだな」

「旦那、お取り調べ？　あたし、何んにもしてませんよ」

おみよははぐらかすように応えた。

「わかっておる。母親も死んでいるそうだから、お前の実のてて親のことはわからない。子供の頃、実のてて親のことを何か聞いたことはないのか」

「旦那、まだあたしのことにこだわっていらっしゃるの?」

「そういう訳ではないが、ちと気になるのだ」

「あたしはねえ、お父っつぁんどころか、おっ母《か》さんとも血が繋がっていないんですよ。昔、みかん籠《かご》に入れられて川岸に捨てられていたあたしをおばあちゃんが拾ってくれたんですよ」

おみよがそう言うと弥助は「猫でもあるまいし、みかん籠たァ」と呆れた。隠善は眼で弥助を制した。

「その頃、まだ嫁入り前だったおっ母さんが家にいて、あたしを可愛がってくれたんですよ。おっ母さんは一人娘だったから、おばあちゃんが亡くなると、あたしをよそにやることもできず、一緒にお父っつぁんの所に嫁入りしたんですよ。でもねえ、お父っつぁんはあたしが気に入らず、ずい分、苛《いじ》められましたよ。挙句におっ母さんが死んじまうと、あたしをてまりへ追い払った。あんな奴《やつ》がのうのうと生きているのが許せませんよ」

おみよは悔しそうに唇を噛《か》んだ。

「苦労したのだな」

隠善がそう言うと、おみよは泣き笑いの顔で「でも旦那とお知り合いになれて、あたしは嬉しかった。おまけに、旦那の娘じゃないかと思って下さるなんて」と言った。

「ええっ？」

弥助がその拍子に素《す》っ頓狂《とんきょう》な声を上げた。

「だ、旦那、冗談でげしょう？」

弥助は確かめるように訊く。

「茂吉から聞いておらぬか。十六年前におれは前の家内を亡くしておる。家にいた中間に襲われたのだ。家内は助からなかったが、その時、家にいた女中と一緒に娘がいなくなったのだ。未《いま》だに行方知れずのままだ。おれも親だから、いつまでも娘のことが忘れられない。おみよを見て、前の家内に似ていると思うと、ここへ通わずにはいられなかったのだ」

「ちっとも知りやせんでした。茂吉の父っつぁんもおみよちゃんが前の奥様に似ていると言ったんですかい」

「ああ。そっくりだと言っていた」

「だったら、おみよちゃんの実家に行って調べたら、何かわかるんじゃありやせんかい」

弥助は湯豆腐そっちのけで隠善へ早口に言った。

「それは磯太に調べさせた。だが、何も手掛かりは摑めなかったのだ」

「水臭ェ……」

弥助は俯き、低い声で言った。なぜ自分にそれをさせなかったのかと恨んでいた。

「すまん。お前に頼むのは、ちと気が引けての」

隠善は酌をしようとしたが、その前におみよが弥助に酌をした。

「弥助さん、あたしのことなんてどうでもいいのよ。気にしないで」

「気にするよ。あっしなら、もっと突っ込んで調べるわな。おみよちゃんの婆さんのこととかをよ」

「おばあちゃんも死んじまったから、それは無理なのよ」

「婆さんの名前《なめ》ェは？」

「もう、いい加減にしてよ、弥助さん」

おみよはいらいらして制した。だが、弥助は諦めなかった。おみよは仕方なく煤《すす》けた天井を見上げて思案顔をした。

「おばあちゃんの名前、何んだったかなあ。おとめ、おとせ……違うなあ。お、おくめ……そうだ、確か、おくめよ」

途端、隠善の膝が目の前の七厘《しちりん》に当たり、土鍋が傾《かし》いだ。昆布を入れただしがこぼれ、白い煙が上がった。

「大丈夫ですか、旦那。火傷《やけど》しませんでした？」

おみよは慌てて台拭《ふ》きで隠善の着物の前を拭いた。隠善は構わず、じっとおみよを見た。

「何んですか、旦那」

おみよは怪訝な顔で訊いたが、隠善は込み上げるものに喉《のど》を詰まらせ何も応えることができなかった。

「旦那、何か気づかれたんですね」

弥助は察しよく言う。隠善は肯《うなず》くのがやっとだった。おくめという名は、そこいらにざらにあるものだが、その時の隠善には偶然と思えなかった。確信に近いものを感じていた。

隠善の席の近くでは職人風の男が人目も憚《はばか》らず、てまりの女中の一人と口を吸い合っている。奥の小上がりから賑やかな唄声と手拍子が聞こえる。地鳴りのような喧騒《けんそう》の中にあって隠善の心は不思議に静かだった。これで思い悩むことはなくなった。心底、安堵《あんど》してもいた。これから何があろうとも、おみよを守らねばならない。隠善は役人としての体面のことなど、もう考えなかった。塚次の一件で犯した愚を繰り返してはならないと強く思った。

「主を呼べ」

隠善は掠れた声で言った。その声は弥助には聞き取れなかったらしい。

「旦那、何んとおっしゃいやした」

「主を呼べ！」

隠善は、今度は大音声《だいおんじょう》で吼《ほ》えた。店の中が一瞬静まった。皆、驚いた様子でこちらを見ている。

「おみよはおれの娘だ。この隠善資正の娘だ！」

隠善は眼を潤ませて、なおも吼えた。

おみよは台拭きを握り締めたまま、大きく眼を見開いて、そんな隠善をじっと見つめていた。

六

障子を透かして午前中の明るい光が隠善の寝間に射し込んでいた。明六《あけ》つ（午前六時頃）に、はっと目覚めたのは奉行所への出仕を気にしたためだった。だが、その日が非番だと気づくと、隠善は安心して、また眠りに落ちた。

次に目覚めたのは千鶴の笑い声が聞こえたせいだ。何んだか楽しそうだ。耳を澄ますと、おみよが千鶴に盛んに話し掛けていた。

「鶴はね、おめでたい鳥で千年も生きるそうなの。千鶴ちゃんの名前はね、そのおめでたい鳥が千羽集まったって意味なのよ。だから千鶴ちゃんはいつまでも倖せに暮らせるのよ」

「お姉ちゃんも倖せに暮らせる?」

「そうね、これからは倖せに暮らせると思う。だって、あたしにこんな可愛い妹ができたのだもの」

「お姉ちゃん、鶴を折るのがとても上手。誰に教わったの?」

「誰だったかなあ……もう昔のことだから忘れちまった」

「そうよ。千羽折らなきゃ願いが叶《かな》わないのよ」

「どんな願い？」

「千鶴ちゃんがもっと倖せになるように。お兄ちゃんがお父上の跡を継いで立派な役人になれるように。それから、お父上がお元気で長生きできるように。もちろん、千鶴ちゃんのお母上もよ」

「じゃあ、がんばって折らなきゃ」

「そうね、がんばりましょうね」

二人は縁側で折り紙をしているようだ。風は冷たくないだろうか。神無月の江戸は、そろそろ冬めいてきてもいる。

隠善は蒲団の上で胡坐《あぐら》をかき、煙管に一服点《つ》けた。白い煙が渦を巻いて部屋に流れる。

隠善はこのふた月ばかりのことを、ゆっくりと思い返していた。

おみよを家に引き取りたいと言った時、しずは少し驚いた表情をしたが、反対するようなことは言わなかった。それがありがたかった。そればかりでなく、てまりのおみよの借金も工面してくれた。

「でも、これから色々大変でございますよ。旦那様にそれ相当のお覚悟がございませんと、あの娘が可哀想《かわいそう》ですよ」

しずは釘《くぎ》を刺した。

「心得ておる。お前にも世話を掛けることになるが」

「そんなことはお気になさらずに。これからは隠善家の娘としてわたくしが行儀その他を仕込みます。それが前の奥様に対する恩返しだと思っております」

「恩に着る」

「でもまあ、旦那様も長年の気掛かりが片づいてよろしゅうございましたね」

「そう思ってくれるか」

「もちろんでございますよ。あの娘に罪はありませんもの」

しずはそう言ったが、あの娘という言い方が気になる。しずはまだ、おみよを千歳として受け入れることができずにいるのだろう。

おみよもそれは同じだった。この家に来て、千歳と呼ぼうとしたが、おみよは首を振った。

自分はおみよのままでよいと。おみよはてまりから解放されただけで十分に倖せだから、この先は女中として使ってほしいと欲のないことを言うばかりだった。

普通の島田髷《まげ》に結い、武家の娘らしい恰好のおみよは、てまりに奉公していた頃とは別人のように見える。弥助もそんなおみよを眩《まぶ》しいような眼で眺めていた。

弥助は磯太に対抗するように押上村へ行き、おみよのことをあれこれと調べた。その結果、女中のおくめが千歳を連れて行方をくらましたのは、片言を喋り出した千歳から、たえを襲ったのが六助だと知れるのを恐れたためだとわかった。

六助は、おくめの姉の息子だったので、おくめは隠善に対する申し訳なさは感じていたが、それより甥《おい》を庇《かば》いたい気持ちが勝《まさ》っていたのだ。六助がおくめの甥だったことも隠善が初めて知ったことだった。おくめがどんな根回しをして六助を隠善家に奉公させたのかは、今となっては全くわからなかったが。

できル心で主の妻を襲い、死に至らしめた六助は死罪を免《まぬか》れない。おくめは六助を逃がしたつもりだったが、六助は時間が経つ内に己れのした事に恐れおののき、とうとう自害してしまった。

おくめは隠善家に戻るに戻られず、姉の家で息をひそめるように暮らしていたのだ。おくめは亭主に先立たれてから、姉に自分の娘を預けて隠善家に奉公していた。幸い、千歳はおくめになついていたから、寂しさに泣くことはなかったと思う。

その後、おくめは娘と千歳を連れて裏店《うらだな》に引っ越し、内職をしながら暮らしていたようだ。

十六年前の事件は当時の奉行所の見解と表向きはそう変わってはいないが、隠善にとっては新しい事実が次々と明るみに出て、目まいを覚えるほどだった。だが、この家におみよを引き取ると、隠善はようやく気持ちが落ち着くのを感じた。

おみよが弥助と所帯を持ちたいと言い出したのは、年が明けてすぐのことだった。

「なりません。小者《こもの》風情と一緒になるなど」

しずは反対した。

「奥様、あたしは所詮、飲み屋の女ですよ。弥助さんと一緒になるのが身の丈《たけ》に合っているのです。弥助さんも承知してくれましたし」

おみよはしずを、ずっと奥様と呼んでいた。

隠善のことも父上やお父様とは呼べなかった。旦那のままだった。

「弥助は別の所へ奉公するつもりなのか」

隠善は不安な気持ちで訊いた。

「いいえ。弥助さんは、ずっと旦那にお仕えしたいそうです。あたしもそうしてほしいと思っております」

「しかし、所帯を持つとなれば、まさか中間固屋《ごや》に住む訳にも行くまい」

「ええ。近くの裏店でも見つけますよ。奥様は千鶴ちゃんや坊ちゃんにまだまだ手が掛かる。あたしも、できるだけお手伝い致します。だから旦那、あたしの我儘《わがまま》を許して下さいまし」

隠善はそっとしずと顔を見合わせた。

「この家がそれほど居心地《いごこち》悪かったのですか」

しずはいつもの愛嬌のある笑顔を消し、怒ったように訊いた。

「あたしはもう子供じゃありませんよ。奥様が旦那の所へお輿入《こしい》れなすって、それで旦那を倖せにしていただいた。娘として、とてもありがたいと思っております。これからは旦那とご家族を、近くから、そっと見守るだけにしたいのです。それがお互いのためだと思います」

「欲のない女だの」

隠善は独り言のように呟いた。

「旦那。あたし、滅法界もなく倖せなんですよ。お嫁に行っても、この家には気軽に立ち寄ることができますもの。誰もあたしを邪険にしない。こんな居心地のいい家は今までなかった。だからあたしは大事にしたいの」

おみよは涙をこぼしながら言った。

しずは「旦那様、おみよの好きにさせるしかありませんね」と、吐息交じりに呟いた。

「弥助とうまくやれるのか」

隠善は仕方なく呟いた。

「ええ」

肯いたおみよは縁側へ出て「弥助さん、弥助さん、ちょっと来て」と声高に弥助を呼んだ。間もなく気後れした表情の弥助が縁側の沓脱石《くつぬぎいし》の傍に控えた。

「いつの間におみよを丸め込んだ」

隠善は苦々しい表情で弥助に訊いた。

「へい。そのう、旦那と一緒にてまりへ通い出した頃からです」

「なにい！」

「あいすみやせん。おみよちゃんとは最初っから気が合いまして」

「このう！」

「旦那、怒らないで」

おみよは笑いながら隠善を宥《なだ》めた。

「好きにしろ」

隠善はぷいっと背を向けた。

「弥助さん、近くの裏店でも探して。本当は一軒家がいいのだけど、あんたのお給金じゃ、ちょいと無理でしょう？」

おみよはうきうきした声で言う。

「きついことを言うなあ」

弥助の声も脂下《やに》がって聞こえる。それからおみよは弥助の傍に行って、半纏《はんてん》の袖《そで》を揺すりながら何事かを囁く。弥助はこもった笑い声を立てた。

「でれでれするな」

隠善は振り向いて怒鳴った。二人はつかの間、はっとしたが、すぐに唇を掌で押さえて笑いを堪《こら》える。

頭上には筆で刷《は》いたような雲が静かに流れていく。これでいいのだろうか。隠善は胸で呟いた。おみよを弥助の嫁にして亡き妻は恨まないだろうか。だが、隠善の思惑など意に介するふうもなく、おみよは弥助に嬉しそうな眼を向けている。

それは恋する娘の眼だった。ああそうか。おみよは商売抜きで恋する喜びを知ったのだと隠善は思い直した。

「お昼は何を召し上がります？」

しずの白けたような声がもの思いに耽《ふけ》る隠善の耳に響いた。

「何んでもよい」

隠善はぶっきらぼうに応えた。

「何んでもよいは駄目です。ちゃんとご自分のお気持ちをおっしゃって」

しずは破れかぶれの態《てい》で声を荒らげた。

文庫のためのあとがき

宇江佐真理

実業之日本社が文庫部門を立ち上げ、この度、拙作『おはぐろとんぼ』もめでたく文庫となる運びである。まことに嬉《うれ》しい限りだ。

『おはぐろとんぼ』は約二年前に同社より単行本として出していただいたが、それは実業之日本社の「ジェイ・ノベル」という月刊誌に定期的に書いたのをまとめたものである。江戸の堀に焦点を当て、様々な物語に仕立てた。

地方出身者の私にとって、江戸の堀の名前を聞くだけでも新鮮な思いに捉《とら》えられる。特に心を魅《ひ》かれた五つの堀に架空の堀(夢堀)をひとつ加えた六編の物語である。ハッピー・エンドもあれば、そうでないものもある。

私が読者に訴えたいものは、明確には何もない。堀の水のように、さらさら流れて行く様《さま》を感じていただければよいと思う。

私は今年でデビュー十六年目を迎える。小説家のデビューとは、いつを指すのかわからないが、私の場合、小説新人賞を受賞した時から書ける状況となったので、やはりその時ではないかと思う。

十六年前の一月には阪神・淡路大震災が起きた。そのすぐ後にオウム真理教の地下鉄サリン事件が人々に恐怖を与えた。新人賞の最終候補に残り、結果を待っていた私は、もしも受賞したとすれば、多くの失われた命によって贖《あがな》われたものではないかと本気で思っていた。それほど素人《しろうと》の私にとって、新人賞を受賞するということは非日常的な出来事だった。

運よく私は受賞することができた。そう、本当に運がよかったのだ。それ以外の何ものでもない。授賞式の日、出版社が用意してくれた飛行機に乗り、私は上京した。たまたまその日は横浜で異臭騒ぎがあり、地下鉄の駅はものものしい警戒態勢にあった。黒いボストンバッグを提《さ》げていた私にも不審な視線が向けられていたことを思い出す。

授賞式はあっさりと終わった。出版社の応接室でお偉《えら》いさんと編集部の人間が集まり、サンドイッチとビールで乾杯し、その後、お偉いさんの一人が「はいはい、やる物をやって」と声を上げ、その時だけ私はうやうやしく賞状と新人賞のカップを受け取り、何枚か写真を撮っていただいた。小一時間の歓談が終わると、はい、ご苦労さん、後は勝手にお帰り下さいとばかりに、エレベーターまで見送られ、その日泊まるホテルに向かった。

出版社のその対応を冷たいと不満を覚える受賞者も中にはいるが、私はそう思わなかった。たかが新人賞を取ったぐらいで小説家扱いするほうがどうかしている。私はその時、担当編集者に依頼された受賞第一作を書くべく、意欲を燃やしていた。

後で考えると、受賞者に受賞第一作を依頼するのは一応の礼儀で、それが採用されるかどうかは全くわからない。いや、むしろ、そのまま消えて行く者がおおかただった。

ここでも私は運に恵まれた。選考委員の一人でいらした故白石一郎《しらいしいちろう》さんが、私の受賞作は連作になりそうだとヒントを与えて下さったのだ。私は受賞第一作を受賞作の連作として書いた。それが功を奏して半年後には雑誌に採用された。運はそれだけではない。担当編集者が私と同じ北海道の出身だった。彼は自分の故郷から小説家を出したいと常々考えていた。それは当然の思いであろう。彼が別の雑誌の編集長になった時、私の作品を好意的に載せてくれた。そんなこともあって処女作「幻の声――髪結い伊三次《いさじ》捕物余話」は、新人としては割合早く単行本となるに至ったのである。この時は出版部の部長が強く後押ししてくれたせいもあった。

初の単行本は眩《まぶ》しく見えた。何度も何度もその表紙を撫《な》でた。私の人生の目標がこれで叶《かな》った、もう、後はどうなってもいい、と私は思っていた。だが、その後、他の出版社からの依頼が続き、私は深く考えることもなく自分の物語を展開して行った。

このように小説家になるための道は単に才能や実力だけでは叶えられないのである。多くの人々の力と運を要する。小説を書く力があってもめぐり合わせが悪く、埋もれてしまう方も多いはずだ。私はそれを知っているから、この先も驕《おご》ることなく書いて行こうと肝《きも》に銘《めい》じている。

どういう訳か、私がデビューした頃から江戸ブームが続いている。別に私は、ブームを意識してはいなかった。自分が書きやすいものが時代小説だったに過ぎない。ただ、世の中が日々進歩する中で、時代小説が廃《すた》れずにいることを不思議に思うことはある。とっくに廃れてしかるべきなのに、廃れない。過去の人間の言葉や行動には何かしら、これからの日本人が進むべきヒントがあるからではないだろうか。

政治の不信が囁《ささや》かれて久しい。それとともに今までは江戸の市井物《しせいもの》が多かった時代小説も戦国時代の作品に読者の眼が注がれているように感じられる。政治家達の日和見《ひよりみ》主義的な発言は、昔だったら、とっくに戦《いくさ》になっている。不正な金の使い道を疑われている政治家は罷免《ひめん》、改易《かいえき》。下手《へた》をすれば打ち首獄門《ごくもん》の沙汰《さた》となる。いやいや、一もの書きが政治をあれこれ語るべきではないが、世の中の動きによって、読者が手にする作品もおのずと変わって行くような気がする。

『おはぐろとんぼ』は世の中の不景気と失業者の増加が心配され始めた頃に書いたものである。お金がなくても幸せになるために人はどう生きてゆけばよいのか。そんなことを考えながら書いていたと思う。堀の水を眺めれば、とりあえず心は少し落ち着く。私のささやかな思いは読者に届くだろうか。

平成二十三年、二月。函館の自宅にて。

解説（実業之日本社文庫版）

しみじみさせる作家

遠藤展子

「藤沢周平さんのことを好きな女流作家さんがいるんですよ」と、知り合いの編集者が教えてくれたのが、宇江佐さんの作品と出合うきっかけでした。

娘としては、父を気にいって下さっているとは嬉《うれ》しい限りでした。その後ありがたいことに、宇江佐さんには父の作品を、エッセイなどでたびたび取り上げていただき、大変お世話になっております。

『週刊　藤沢周平の世界』（朝日新聞社）では、「宇江佐真理が読む『本所しぐれ町物語』『橋ものがたり』」という文章を書いていただいています。『橋ものがたり』は父の作品の中でも一番好きな作品でしたので、とても興味深く文章を読ませていただきました。

その中で宇江佐さんは、『橋ものがたり』の父の目のつけどころに感心すると前置きし、

……堀が縦横に張り巡らされていた江戸の町には数え切れない橋が架かっていた。有名なものから名もない橋まで。橋を渡る時、人々は一種独特の思いに駆られる。普通の道を歩くのとは明らかに違う心地を覚える。橋の下の水の流れがそう思わせるのだろうか。

とお書きになっておられます。

今回『おはぐろとんぼ　江戸人情堀物語』を読んで、本書に出てくる「堀」と、父の『橋ものがたり』に登場する「橋」はとても近い関係であることに気付きました。隅田川や町に張り巡らされた江戸の堀と橋。読みながら私は『おはぐろとんぼ』と『橋ものがたり』という二つの作品が絡み合って、まるでひとつの小さな町の出来事を垣間見ているような気持ちにもなりました。

『おはぐろとんぼ』には血のつながりをもたない家族が多く登場してきますが、どの

家族も血のつながり以上の心のつながりを感じさせてくれます。そして、読む人の心をしみじみさせてくれます。

小説を読んで、思いっきり泣いたり笑ったりすることから遠ざかっていたのですが、「ため息はつかない　薬研堀」は私の心にすっと入り込み、最終ページを読み終わる時には、笑いながら涙していました。

血のつながらない母親に育てられた豊吉は、堀を見てため息をつきながら大きくなります。そんな豊吉にもちあがった縁談の相手は、豊吉が勤めるお店の次女おふみ。おふみはお菓子が大好きで、でっぷり太り、笑い上戸の行かず後家。当然豊吉は気乗りがしないのです。しかし、ある時おふみから、母親と生き別れ、寂しさを紛らわすためにお菓子を食べ太ってしまったのだと打ち明けられます。

それぞれ、育ての母親には感謝をしつつも、埋められない寂しさを抱えています。血のつながらない親に育てられたことが、かえって、二人をもっと強い絆《きずな》で結ぶことになるのです。

人の心の中は見た目には分からない。みんなそれぞれに抱える事情を隠しながら、暮している。そんなことも思い起こさせる作品でした。

表題作の「おはぐろとんぼ　稲荷堀」は亡くなった父を思い出す話でした。「おはぐろとんぼ」は、ご先祖様の霊が浄土から帰ってくる姿で、そのなかでも色の黒いとんぼは雄、つまりお父さんだと銀助はおせんに言います。

銀助の娘・おゆみが、けなげでなんと可愛《かわい》いことでしょう。おせんが銀助から一緒になってくれないかと言われ「あたし、子供を育てたことがないから……」と理由にならない言い訳をすると、自分がいなかったらお父さんと一緒になってくれるのか。もしそうなら自分はよその家の子になる、とおゆみは言います。彼女は父親の幸せの為ならそれでも良いと本気で思っているところが泣かせるのです。宇江佐さんの優しさがにじみ出ている作品です。

父も私の元に飛んできてくれないものでしょうか。

「御厩河岸の向こう　夢堀」はちょっと不思議な物語です。実はのの様だという弟・勇助が自分の前世について姉のおゆりに語ったことがきっかけになって、勇助が前世で一緒に暮らしていた家族と再び会うこととなります。

勇助は一度亡くなって、お爺《じい》さんから「優しいお姉さんがいて可愛がってくれるから、この家に宿れ」と言われ、おゆりの家に来たと語る場面がありました。この話を読んでいてハッとしました。実は私の息子も小さい頃、「パパとママを上から見てて、二人が仲良く手をつないでいたからそこに浩平がパーンと降りていったの」と言ったことがありました。その時は、面白いことを言うなあと思ったのですが、このお話を読んで、すっかり忘れていたそのことを思い出しました。もちろん、私の息子はのの様ではないので、これからも私の方が息子を見守らなくてはならない訳ですが、勇助がずっと姉を守っているように、人はみな誰かの魂に守られているのではないか、と思わせるお話でした。

「裾継　油堀」「日向雪　源兵衛堀」「隠善資正の娘　八丁堀」もそれぞれ人情味のあるしみじみさせられるお話です。家族や兄弟の切っても切れない絆の重さをも感じずにはいられない作品ばかりでした。

宇江佐さんは北海道函館市にお住まいだそうですが、残念なことに私はまだ、函館の地を訪れたことはありません。写真で見る函館の冬はやはり雪が多いようでした。

雪は我慢することを教える。我慢しないと春は来ない。我慢して春を待つ間に人はいろんなことを考える。家の中にこもって物を読んだり、人間の頭で考えることを雪は教えると思う。

私の父が地元・山形のテレビ番組のインタビューで庄内の人について語った言葉です。父の故郷、山形県鶴岡市は雪深い町です。『おはぐろとんぼ』を読んでいて思い出したのは、そんな父の言葉でした。宇江佐さんの作品に注がれた想像力は、父と同じように雪が関係しているのではないかと思えるのでした。

そのほかにも、宇江佐さんのエッセイ集『笑顔千両　ウエザ・リポート』（文春文庫）でいくつか父との共通点を発見しました。

宇江佐さんは、気持ちが落ち着かない時に般若心経《はんにゃしんぎょう》を唱えているそうです。私の父も痛いところがあると、母に般若心経を唱えてもらいながらさすってもらうと落ち着く、と言っていました。二人に効くなら、よほど良く効く特効薬なのだろうと、私も般若心経を覚えてみようかなあと秘《ひそ》かに思いました。

また、宇江佐さんが台所に仕事机を置いて、お仕事をされているお話は有名ですが、実は私も仕事部屋を持たず、原稿はダイニングで書いています。とはいえ、私はその方が、家事をやりながら仕事が出来るので便利だから、という単純な理由です。

父も、私が幼い頃は特に仕事部屋は持たず、家族が団欒《だんらん》する六畳間で仕事をしていました。父の執筆するかたわらで母と私は読書をしたりして過ごしていました。

引越しを機に家の二階に父の仕事部屋が出来ました。朝、二階に上がって行く父の姿を見ると、江戸時代に出勤して行くようだと思っていました。台所に机を置く宇江佐さんは、何処《どこ》でスイッチを切り替えて江戸へ出勤するのだろうなどと想像してしまいます。（江戸時代と現代を行ったり来たりされているのかなあ）そんなことを思います。

今もデビュー当時とほとんど変わらない暮らしぶりをしていると宇江佐さんはお書きになっています。普通の生活を大切にしていた父と重なって、勝手に親近感を抱いています。

父は晩年、若い作家で時代小説を書く人が少なくなっているのに危機感を持たずにはいられない、と心配していたことがありました。

時代小説は勉強して書くものではなく、本や映画など、それを見て胸を躍らせた日々の記憶が、時代小説を書く衝動を呼び起こすのだと言っていました。今、テレビドラマは時代劇の枠がぐっと少なくなってしまい、時代劇を見る機会が減ってしまっています。しかし、新聞によると、時代劇のファンが激減したわけではなく作る方の事情ということらしいのです。そんな状況の中でも、宇江佐さんの作品はドラマ化され、映画になり時代劇ファンを楽しませ、父流に言えばさらにそれが新しい時代小説を書く作家を育てることにつながっているのだと思います。父とは直接会う機会は無かったとのことですが、父が宇江佐さんにお会いしていたら、父の心配も大分少なくなっていたのではないかと思います。

以前、宇江佐さんは父のことを「しみじみうまい」作家と評して下さいました。私の中の宇江佐さんは「しみじみさせる」作家さんです。

この『おはぐろとんぼ』を読んで、私は心底しみじみしました。感謝をこめて、この本を多くの読者のみなさんにお薦めします。

（えんどう　のぶこ／エッセイスト）

＊実業之日本社文庫版に掲載されたものを再録しています。

解説（朝日文庫版）

堀でつながる家族の情

大矢博子

本書『おはぐろとんぼ』は二〇〇九年に実業之日本社から刊行された短編集である。実業之日本社文庫（二〇一一年刊）を経て、この度、装いも新たに朝日文庫からあらためて読者の皆様にお届けできる運びとなった。

二〇〇九年といえば、看板シリーズである「髪結い伊三次捕物余話」シリーズ（文春文庫）を継続する傍ら四冊もの新刊を上梓した年だ。一九九五年のデビューから丸十年以上が過ぎ、宇江佐真理が円熟期を迎えて精力的に執筆していた様子が窺える。

宇江佐真理は北海道函館市出身。そのため東京の地理がわからず、「だから、まず深川という小さなエリアを選んで、北に行ったら本所、永代橋を渡ったら日本橋という地理を頭に叩き込んだんです。それで初期作品の舞台は、全部深川になったの」（「野性時代」二〇一四年十月号）と語っている。

そんな状態だった新人作家が後に書いたのが、この、江戸の各地にあった堀割をモチーフにした短編集だ。すでに吉川英治文学新人賞や中山義秀文学賞など名だたる賞を受賞した後である。このたゆまぬ努力こそが彼女を人気作家にした所以《ゆえん》だろう。

しかも本書はただ、いろんな堀を物語に登場させました、というだけではない。どんな場所の、どんな堀かというのが物語に深く関わってくる。いや、そもそも堀とは何かというテーマをも含んでいるのだ。

堀とは、人の手によって造られた河川や運河、細長い池などを指す。城の防衛のための濠が有名だが、それ以外にも輸送・交通・用水・上水・排水など、堀は江戸の生活に密着していた。時代小説を読めば○○堀や、その岸を指す○○河岸という名前がしょっちゅう登場する。低湿地を埋め立てて造られた江戸には、自然の川に加えてこの堀が縦横に走っていたのだ。今ではほぼ埋め立てられているが、八丁堀に代表されるように、地名として残っている場所も多い。

それらの堀が各編でどのように使われているのか。まず本書収録の六編はいずれも家族の物語である、というところから話を始めたい。そして、兄弟姉妹を描いた「日向雪」を除く五編はいずれも親子の話であるということ、しかもそのすべてに、形は違えど「なさぬ仲」の親子が登場するということに注目。これが本書を読み解く鍵になる。

「ため息はつかない　薬研堀」

早くに両親を亡くし、叔母のおますに育てられた豊吉は、成長して薬種問屋で働き始めた。ところが、店のお嬢さんとの縁談が進む中、ある疑いをかけられる――。

舞台となる薬研堀《やげんぼり》は、現在の中央区東日本橋のあたりに存在した運河とその周辺の町を指す。昔は米倉に米を運び込むための入堀だったが、米倉が火災により移転、薬研堀は大半が埋め立てられた。

薬研堀は底がV字に抉《えぐ》れた堀のこと。けれど水面は常に平面だ。それは、変わらない日常の底には外からは見えないさまざまな思いがあることの象徴ではないだろうか。口うるさいおますを敬遠していた豊吉。けれどふたりの間には、実の親子と変わらぬ情愛があったことが切なさとともにわかるくだりは絶品だ。お店のお嬢さん・おふみも実に魅力的。

「裾継　油堀」

深川・裾継《すそつぎ》の遊女屋が舞台。女将であるおなわは亭主・彦蔵の後添えだが、最近、先妻の娘であるおふさとの仲がうまくいかない。おふさは、父親が浮気をしているのにそれに気づかない継母に苛ついているらしいのだが……。

油堀《あぶらぼり》は現在の江東区、隅田川から富岡八幡宮の裏を通って木場に至る運河。作中にもあるように「裾継」は「表と裏を繋ぐ場所」で、おなわは自分自身が「継ぐもの」であることを自覚するのだが、油問屋が集まっていた油堀が今では岡場所になっているという変化がポイント。町も人も同じままではいない。常に変わっていく。けれどそれは過去から現在へ、そして未来へ受け継がれるということでもあるのだ。本編は過去を見つめることで未来へ向かう家族の物語なのである。

油堀は堀川という名で一九七〇年代半ばまでは残っていたが、七六年に埋め立てられ、八〇年にはその上に首都高速が開通した。

「おはぐろとんぼ　稲荷堀」

板前だった父親仕込みの腕で、女ながらに料理茶屋で働くおせん。そこに上方から新しい板前がやってきたが……。

稲荷堀《とうかんぼり》は現在の中央区日本橋、蛎殻《かきがら》町一丁目と小網町の境にあたる一帯にあった堀割の名前。その河岸に稲荷神社があったことから、稲荷の音読みが訛って「とうかん堀」と呼ばれるようになった。流通の要衝で多くの問屋が集まり、行徳からの塩の受け入れ口だった他、江戸と下総を結ぶ交通路として賑わった場所でもある。

つまり稲荷堀は、違う土地を結びつける場所なのだ。しかも運ぶものは塩である。そう考えれば、上方から来た板前とおせんの出会いを描いた本編にぴったりだということがおわかりいただけるだろう。


「日向雪　源兵衛堀」


真面目に働くきょうだいの中で竹蔵だけは半端者だった。他のきょうだいのもとに金の無心に行っては迷惑をかける。母親が死んだ晩にもその態度は変わらず、すぐ下の弟・梅吉はついに堪忍袋の緒が切れて……。

源兵衛堀《げんべえぼり》は墨田区、現在の隅田公園の近くにあった堀。隅田川から業平橋《なりひらばし》まで木材輸送のために開削され、源森川とも呼ばれる。農業用水である北十間川《きたじっけんがわ》と最初はつながっていたが、隅田川増水時に洪水が多発したため、間に堤が設けられた。明治時代に再接続されるものの、戦後は水位調整のため樋門《ひもん》が設けられ、再び分断。

作中に登場する曳舟川も含め、大川からつながる複数の堀がそれぞれの役目を果たす中、「つながっていられなかった堀」が源兵衛堀である。それは兄弟に疎《うと》まれ、ともに助け合うことができなかったこの悲しい物語にひどく似合っている。

「御厩河岸の向こう　夢堀」

弟の勇助が突然、前世の記憶を語り出す。生まれる前は御厩河岸《おうまやがし》の向こうにある夢堀の近くの花屋の息子だったが、十歳で死んだというのだ。しかし夢堀などという堀は聞いたことがなくて……。本書の中では異色の、ファンタジックな物語である。

舞台となるのは御厩河岸。現在の台東区蔵前である。「御厩河岸の渡し」と呼ばれる渡し船が対岸の本所石原町（墨田区本所）と結んでいた。この近くにあった埋められた堀、「埋め堀」を言い間違えたのが「夢堀」だ。江戸時代初期に上野館林藩の蔵屋敷が置かれ、輸送のために堀が造られたが、貞享年間に蔵屋敷が移転、堀は埋め立てられた。江戸期には、「埋堀片町」「石原埋堀町」という町名も残っていたという。

かつては存在したが、今はない堀。そこにあったことも次第に忘れられていくであろう、かつての堀。死んだ子を忘れられない親と前世を覚えている息子を姉の目を通して描くことで、過去を支えにしながらも、それに囚われずに今を生きることの大切さを説く物語である。

「隠善資正の娘　八丁堀」

北町奉行吟味方同心・隠善資正《いんぜんすけまさ》は、かつて妻を殺されたという過去を持つ。赤ん坊だった娘はその時以来、行方知れずのままだ。今は後添えを貰い、子にも恵まれて幸せな日々を送っているが、縄暖簾で働く十九歳の娘・おみよが前妻に似ていることに気づき……。

八丁堀が舞台だが、本書で唯一、堀が登場しない一編である。中央区にその名を残す八丁堀は、町奉行配下の与力や同心の組屋敷が置かれたことから、彼らそのものを指す隠語としても使われたのは有名な話。堀はもはや単なる水路ではなく、生活の場であり、そこで暮らす人々のことでもあるのだ。

宇江佐真理が敬愛していた藤沢周平の代表作『橋ものがたり』（新潮文庫）は、江戸の各地の橋をモチーフにした短編集だ。また、藤原緋沙子には江戸に多い坂を取り上げた短編集『月凍てる　人情江戸彩時記』（同）がある。それらは橋や坂を、結界を越えるものとして描いている。

翻って本書が堀に仮託したのは、市井の人々の生活だ。生活のすぐ近くにあり、辛い時にはその水面を見つめてため息をつき、苛立った時にはやはり水面を見て心を落ち着かせる。堀の水の流れる先にいる家族や知り合いを思うこともある。時代によって堀の姿が変われば、そこに暮らす人々の生活の形も変わる。江戸市中を縦横に走る堀は、常に暮らしのそばに、市井の人々の傍らにあった存在なのだ。親子やきょうだい、家族の物語を描くのにうってつけだ。さらに堀が人工の川であることを思えば、再婚の夫婦やなさぬ仲の親子の物語が多かったことにも合点がいく。人工の川であっても、自然の川と同様に堀は人々を潤し、癒やし、生活を支えてきたのだ。

市井の人々の日常を掬《すく》い上げ、家族を大切にする心を描いてきた宇江佐真理が、堀にその思いを託して書き上げた連作である。宇江佐真理が亡くなって六年以上が経つが、その思いはこうして物語の中に生き続けている。それは、埋められてなくなってしまった堀が今も歴史ある地名として、賑やかな商業地として、人々の憩いの場として、交通の要衝として、今日の東京の暮らしに寄り添っているのと同じように感じられてならない。

なくなってしまっても残るもの。いつもそばにあるもの。それが堀であり、宇江佐真理の作品なのである。

（おおや　ひろこ／文芸評論家）

おはぐろとんぼ
江戸人情堀物語《えどにんじょうほりものがたり》

朝日文庫

2022年4月30日　第1刷発行
2022年10月10日　第3刷発行

著　者　宇江佐真理《うえざまり》

発行者　三宮博信
発行所　朝日新聞出版
〒104-8011　東京都中央区築地5-3-2
電話　03-5541-8832（編集）
03-5540-7793（販売）
印刷製本　大日本印刷株式会社

Published in Japan by Asahi Shimbun Publications Inc.
定価はカバーに表示してあります

ISBN978-4-02-265038-2